JN203743

白濁

鈴木五雨

KADOKAWA

白濁

白濁★目次

装丁　南　一夫

序章

昨夜来の雨がまだ降り続いている。

窓辺に佇《たたず》み外を眺めていると、一人また一人と雨の隙間に消えて行くのが見える。

指先で窓ガラスに触れてみると、八月の末にもかかわらず、ひどく冷えており、背筋に悪寒が走るような錯覚に襲われる。

そう感じたのは、もしかしたら親友の道野正彦《みちのまさひこ》の様子が最近おかしいせいかも知れない。

本来なら入院している恋人の四條佳菜子《しじょうかなこ》のことを心配しなくてはならないはずなのに奇妙だと思った。

道野と最初に出会ったのは高校入試の合格発表会場であった。そこは県内有数の進学校であったが、偶然、すぐ隣にいた彼があまりにも無表情だったので、きっと不合格なのだろうなと感じた。だが、入学すると彼は同じクラスにいて、近付いてくると、「やあ、君は合格発表の時、僕の隣にいたね。君がしらっとしていたので落ちたのかと思ったよ」と言って笑ったので驚いたことがある。

それ以来ずっと親友として仲良くしている。

しかも、彼から、「僕は人のために尽くすような仕事がしたい。そのために医者になるから、君も一緒に行こう。地元の公立なら医学部でもあまり金がかからないから」と誘われ、それで、考えてもいなかった医者になったのであった。

そんなことを思い出していると、ふいにＩＣＵ（集中治療室）から呼び出しがかかった。

愛岐《あいぎ》大学附属病院七階のエレベーターのドアが開くと同時に、一人の医師が出てきた。左手に聴診器をぶらさげている。同院、第三内科若手助手のホープとして嘱望されている上島創《うえしまつくる》、三十一歳である。

東西に真っ直ぐ伸びた廊下のほぼ中央にあるエレベーターの西側が第三内科の病棟になっており、ナースステーションとＩＣＵが併設されている。

上島はＩＣＵに向かって足早に歩いて行く。

その日の病棟はどこか重苦しい静けさに支配されていた。

ＩＣＵの入口は二重ドアで外部と隔てられており、関係者専用の服に着替えなくては誰も入れない。彼は規定通りに消毒された帽子とマスク、ガウンをまとい、専用のスリッパに履き替えてオートドアの内側に入って行った。

そこにはベッドが十二あり、数人の医師と看護師が働いていたが、誰もが無言である。

あちらこちらでモニターの乾いた音が甲高く不規則に響き、人工呼吸器から洩れる空気音が外の廊下まで聞こえそうなくらいである。

左の奥に呼吸器を装着されている患者がおり、黒縁の分厚い眼鏡をかけた医師が患者に覆い被さるようにしている。上島はその傍らへ近付くと、黙ったまま指先で軽く腰を突いた。

道野正彦はふいを衝《つ》かれ、慌てて振り返った。そこに親友の上島創がきてくれたことを確認すると、なにも言わずに腕を掴み、電子カルテの置かれている中央テーブルに誘った。

道野は無表情で、両目は真っ赤に腫れているが、眼光は少しも衰えていない。

未明に関連病院から肝硬変で肝性昏睡をきたした六十五歳の患者が緊急転院してきており、ICUの担当だった道野が主治医になって診ていたのである。

道野が無言でカルテと指示書を整理しだしたので、まず、上島が口を切った。

「患者が急変したから、応援の要請だと思って飛んできたんだけど」

しかし、道野はなにも応えない。それで、休憩したいのだろうと推察した。

「じゃ、僕が診ているから、昼飯にでも行ってきな。朝飯もまだだろう?」

それに彼は頷《うなず》いた。

「うん、ありがとう。呼び出してすまん。今は安定しているから大丈夫だと思う。君がいてくれれば安心だから……」

道野の声は擦《かす》れており、どことなく元気が無い。

「いつもの怪物的な元気さはどうした? 道野君らしくないぞ」

笑顔で励ましたがニコリともしない。

「少し時間が欲しいんだ。君も覚えているだろう? これから高校時代の同級生、黒川博司《くろかわひろし》君に会わなくてはならないから。彼とは中島泰治《なかじまたいじ》さんが入院した日にも会って説明したけれど……」

ボソボソと低い声で言った。

「あっ、覚えているよ。黒川君は特別室の中島さんの養子さんになったんだったな。ふーん。でも、あの人はなにも問題は無いんじゃないか? 症状も安定しているようだし、予後は決まっているから。でも、まあ、ムンテラ（治療、病気の説明）は必要だからな」

上島が独り言のようにつぶやいたのはそれなりの理由がある。

七〇八号室の特別室に入院している中島泰治は慢性C型肝炎から肝硬変を経て肝臓癌になった患者である。それは教科書通りの経過を経ているもので、予後は決まっており、なんの問題も無いと思っていたからである。

しかし、道野の返事は微妙で、「いつ急変するか分からないから…」とつぶやいた。

上島はそれを彼らしくないと思い、態度もなんとなく微妙だと感じたが、単に疲れているだけだと考え、それ以上なにも聞こうとしなかった。

患者は確かに安定していた。呼吸器はスムーズに作動し、血圧も安定し、IVH（中心静脈栄養）にも問題は無かった。心電図に心室性期外収縮（不整脈）を一分間に二、三回認めたが、それは許容範囲だから、上島が特別手を下すことはなにも無かった。

道野は二時間ほど経ってから戻ってきた。

彼は事務的に礼を言って、様子を尋ねたが、後の言葉が続かず、なにか余所事《よそごと》を考えているようであった。上島は、なにかあったのかなという疑念を抱き、それとなく表情を窺ったが、部屋を出て行った時に感じた陰りは消えているようにも見えた。

上島も、「なにも変化は無いよ」と事務的に報告し、それきり会話は中断してしまった。

沈黙の中で上島が言葉を捜していると、突然、アラームが鳴り響き、モニター音が乱れた。二人は反射的に身を翻して患者の方に移動した。

彼らはすかさず医師の顔を取り戻し、病気との闘いに入った。そうでなくてはICUでの医師は務まらない。

第一章　母と娘

1

午後の八時頃になって、上島創は道野正彦を残してＩＣＵから出てきた。

廊下には数人、患者の家族が立っていて一斉に彼の方を見る。その視線は痛いほどであったが、上島はそれを無視し目礼しただけである。家族が患者の容態を一刻でも早く知りたい気持ちでいることは、医師なら誰でもよく理解しているが、主治医以外の者が説明することは極めて稀である。

むしろ、してはいけないという不文律がある。それは患者を一番よく理解している主治医か病棟主任だけがするべきであるという考え方からだ。そうでなくてはいらぬ誤解を与えてしまう可能性が高いからである。

家族の視線が上島の後ろ姿を追うが、それは無理もない。ＩＣＵの中では患者が死と向き合っていることを全員が知っているからだ。その視線の痛みに耐えられなければ医師としては通用しないし、そんな時には自分の後ろ姿にも油断してはならないことを彼は充分に自覚していた。

第三内科の病棟にはナースセンターをはさんで東西に走る廊下が南側と北側にあり、上島はそのまま北側の廊下を西の方向に向かった。彼の姿を素早く見付けた一人の看護師が回診の介助をするために小走りに近付いてきた。水島《みずしま》五月《さつき》である。

彼は直接一番奥の病室に向かおうとしていたが、まず、その手前の七三三号室に入って行った。五月も後を追う。そこは女性専用の病室で、左右に二人ずつ入院していた。

いつものように、左側の窓際のベッドはカーテンで仕切られている。それを静かに開くと、付き添いベッドから若い女性がゆっくりと起き上がった。彼女は二十三歳、黒く長い髪の毛を無造作に後ろに束ねており、訪問者が上島であることを確認すると、急いで髪に手をやりながら、蚊の鳴くような声で挨拶した。

彼は人差し指で静かにするように合図しながら、眠っている患者に視線を送った。そこには中年の痩せ細った女性が微動だにせず、顔色が青白くてまるで死んだように横たわっている。七月末から入院している尾上雪乃《おのうえゆきの》である。

普通、大学病院では完全看護が建前になっており、家族が付き添うことは禁じられているが、例外的に娘の景子《けいこ》は付き添うことが許されていた。それは介護に手間がかかり過ぎたからでもあるが、娘の付き添いたいという熱い思いに、主治医である上島が心を動かされ、特別な努力と計らいで許可されていたのであった。

景子の母に対する介護は周囲が圧倒されるほど熱心で、それは西病棟だけでなく、他の科でも評判になっていた。

母親の病状は急速に悪化し、全身状態も極端に衰弱して骨と皮だけになっていた。乳癌の末期とすでに告知されており、死を迎え入れる以外になす術が無いことを彼女は毅然と受け止めていた。

癌の末期には、いくら最善を尽くされていても、患者は不安や不満など様々な心の葛藤を抱いているのが普通である。にもかかわらず、雪乃にはそんなことは微塵も無いように見えた。しかも、職員に対する感謝の気持ちをいつも忘れないでいた。

特殊なケースを除いて、癌の末期になると体力は極端に落ちるが、思考能力は最後まで衰えないことが多い。そのことは良い場合と悪い場合があるが、雪乃の場合は良いケースであると上島は感じていた。

患者が安らかに眠っており、脈拍や呼吸が安定していることを確認すると、上島は景子に目礼をしてそこを離れた。彼女も黙ったまま頭をさげ、そのまま付き添いベッドに倒れ込むように横たわった。

病室から廊下に出ると、上島はふいに立ち止まり、後に付いていた五月の方を振り向き、少し照れながら、詰所に戻るように指示した。

五月はキビキビとした返事をすると踵《きびす》を返した。その時、五月の目が一瞬光ったことを彼は気付かなかった。彼女は上島に秘かに恋していたのである。

上島はそのまますぐ隣の病室に向かった。西病棟七階の北側の一番奥にある七三五号室はバストイレ付きで、廊下とは二重のドアで隔離されており、室内はとても静かであった。そこには薄茶色の厚いジューターンが敷かれ、入口側の部屋にはちょっとしたキッチンや冷蔵庫も設置されている。

ノックしたが返事が無い。彼は静かにドアを押して中に入って行った。中央に置かれているはずのベッドが窓際に寄せられており、窓の外を見易いように頭側が三十度ほどギャッジアップされている。

彼はそっとベッドに近付き、静かに患者の肩に触れた。彼女は目を開き、傍らにいるのが上島であることを確認すると、微笑みながら右手を差し出す。白く細長い指である。彼も少し頰を弛ませながらその手を握り返した。

「調子はどう？　痛む？」

「変わりはないわ。腰の痛いのも相変わらずで……、きてくれて嬉しいわ」

彼女は手に力を込めたが、その力は弱々しかった。上島も少しだけ右の手に力を込めた。

彼女が起き上がり、微笑み返すと、二人は軽く唇を重ねた。

患者の四條佳菜子は二十七歳、愛岐大学附属病院の皮膚科に勤務している医師であり、悪性リンパ腫のホジキン病と診断されていた。彼女の病気は若年者に多い結節硬化型で、比較的治療効果の良いタイプであったが、脊椎腰部の周囲に病変が及んでいることが判明し、放射線療法と同時に、化学療法と造血幹細胞移植療法を受けるために入院していた。

上島は彼女の恋人であると同時に主治医でもあった。二人は愛岐大学医学部のテニスサークルで知り合い、一年ほど前から恋人関係になっていた。世間的には家族や恋人などの親しい人間は治療上に迷いが生じ易いため、主治医を担当しないものと思われているが、実際には違う。むしろ多いというのが現状である。

しばらくの沈黙の後、彼女から隣の部屋に入院している尾上雪乃の様子を尋ねられたが、彼は返事を濁した。彼女に気を使い、かんばしくないとは言えなかったのだ。

彼女が尾上景子と友達になったと聞いて、彼は不思議に思った。景子があまり部屋から出ないことを知っていたからである。聞くと、佳菜子が微笑みながら指差した場所を見て、彼は首を傾げた。そこは窓辺だったからだ。

「わたしが窓を開けて外を眺めていたら、隣の窓から彼女が顔を出していたのよ。それでお話をするようになったの。距離が二メートルも無いから、内緒話もできるのよ」

「そう、それは良かった。彼女はお母さんの付き添いで、体位変換を頻回にしなくてはならないので大変だから、助けてあげるといいよ。但し、君も病気なのだから気を付けてね」

「うん」

「そうね。お母さんがあんなだから、お買い物にいく時間も限られて、本当に可哀想ね」

「あっ、これは内緒だけれど、彼女、お風呂にもなかなか入れないでしょう?」

「そうだね。付き添いが入れるような風呂場はここには無いからね」

「それでね、彼女はこっそり公衆浴場に行っているのよ」

「そう。でも、そんなことは内緒でもなんでもないじゃないの?」

「ええ、行くことに関してはね。そこのお風呂は夜中の二時まで開いているそうなの」

上島は言っている意味が分からず、怪訝《けげん》そうな顔をした。

「それでね。わたし、景子さんがお風呂に行っている間だけ、彼女の替わりにお母さんに付いていてあげているの」

「えっ? 夜中に?」

佳菜子は弱々しく右手をあげ、宣言するように、「はい」と返事をした。

「そんな、手をあげて言うようなことじゃないよ。カコも病人なんだから」

「大丈夫、わたしはほとんどなにもしないの。彼女がお風呂に行く時には、ちゃんと体位変換をしてから出掛けているから。もし、なにかあれば看護師さんを呼ぶだけよ」

「本当に大丈夫かな？」

彼女はニコニコしているが、上島は不安そうな表情を隠さない。

「心配しないで。今まで一度もなにもしたことが無いから。それに週二回だけよ。勿論、わたしの体調が悪い時は断るようにしているし」

「うーん」

「女性はやはり、お風呂に入りたくなるの。分かってあげて！」

「うーん、そうかも知れないけれど、なんとなく心配だなー」

上島はこの時感じた不安が、後で現実になるとは知る由もなかった。

「もう、うーん、うーん、ばっかり言わないで！　景子さんも大変なのよ。あっ、ごめんなさい。わたし……、疲れたから少し眠るわ」

佳菜子は微笑みながらも顔を曇らせて言った。

上島はすぐに横になれるように、彼女の背中をそっと支えて寝かせた。彼女に眠るまで傍にいてくれと頼まれ、黙って頷くと、両手で彼女の手を優しく包み込んだ。そのままじっとしていると、ふいに彼女がはにかんで目を開いた。

「あなたにわたしの病んだ素顔を見られていると思うと、なんだか恥ずかしくて眠れないわ。やつれてしまってみっともないでしょう？」

「そんなことはないよ。君はとてもきれいだよ」

「ありがとう。でも、今日はどうしたのかしら？　気分がなんとなく変なの」

「苦しいの？」

「ううん、苦しいとか痛いとかじゃないの。本当になんとなくとしか言いようがない気分なの。ねぇ、反対側を向いてもいい？」

彼女は真顔で言った。

「うん、いいよ。僕もそちら側に行こうか？」

「いいえ、あなたはそちらにいて。あなたが傍にいてくれるだけで、心が休まるから」

佳菜子は上島に背を向け、窓の方を向いて目を閉じた。彼は黙って後ろ姿を見詰めていたが、彼女の痩せて小さくなった姿を見ているのはとても辛かった。

彼女も目を閉じてはいたが、やはり頭が冴えて眠れなかった。十分ほど経ってから、彼女はそっと薄目を開けて窓の方を見た。空は星も無い暗闇であった。彼女は入院してから昼も夜も外ばかりを眺めていた。それは虚しさを募らせる行為でしかないことを自覚していたにもかかわらず、どうしても眺めずにはいられなかった。特に夜は虚しさが募った。

ふと見ると、窓ガラスに自分の背中を見詰めている彼がいる。その目は虚ろであった。病院では常に凛然としている彼が医師であることを忘れ、茫然としていることを彼女は初めて知った。急に胸が熱くなり嗚咽《おえつ》した。

彼はそのことに気付いたがなにも言えず、なにもできないでいた。言い知れぬ不安に慄《おのの》くと同時に全身に鳥肌が立った。

上島は佳菜子の後ろ姿を見ながら、彼女の誕生日のことを思い出していた。六月末のことである。その日の夕方、白州川沿いにあるイタリアンレストランで食事をした。

彼女は誕生日を覚えていてくれただけでなく、素敵な店に連れてきてくれたことを無邪気に喜んだが、彼には秘かに決断していたことがあった。

食事の後、他に本当のプレゼントを用意してあるからと言って、ドライブに誘った。

店を出ると辺りはすっかり暗くなっていた。それから真っ直ぐ北西に車を走らせた。十分ほど走ると右折して農道に入ったところで止めた。明かりは車のライトだけで、外は真っ暗であった。右側一帯は田園で、左側には小さな川が流れている。

外に出るように促すと、佳菜子は暗闇の中で不思議そうな顔をしていた。

爽やかな風が吹いていて心地良い。彼はいきなり、「これがプレゼントだよ」と言って彼女を抱き寄せ、唇に軽くキスをした。

彼女にとっては想像外だったようで、思った通り戸惑っている。こんなことだけならわざわざここまでくる必要がないのに、という表情を浮かべた。

そのまま無言で前方を指差すと、そこには小さな淡い明かりが数個点滅している。

それを見て、佳菜子は思わず大声をあげた。

「わーっ、蛍だ！　きれいね。嬉しいわぁ。感動で涙が出そう」

「これが僕のプレゼントだよ」

「ええ、ありがとう、創さん大好き！」

佳菜子は胸に飛び込んで抱き付いてきた。

彼女ははしゃいで蛍を見詰め、ついには田圃の方に進み出て蛍を捕まえようとした。しかし、距離があり過ぎてそれは無理であった。

「そんなに喜んでもらえるのなら、もっと蛍を呼び寄せようか?」

驚くと思ってそう言ったが、彼女には意味が通じなかったようだ。それで、超能力を使うからと言い、車のハザードランプを点滅させた。

すると、彼の思惑通り、突然沢山の光が闇の中に浮かび上がり輝き始めた。おまけにその光が一斉にこちらに飛んでくる。佳菜子は感嘆の声をあげた。

「すごーい! こんなに沢山の蛍が寄ってくるなんて、信じられないわ。なんだか夢を見ているみたい」

「夢じゃないよ。これは点滅するライトに寄ってきているんだよ」

説明しながら、飛んできた蛍を一匹捕まえ、それを彼女に手渡した。彼女はそのまま手の中の蛍を食い入るように見詰めていたが、しばらくしてから、蛍が可哀想だからライトを消すように言った。

上島がライトを消した途端、闇は一層深くなり、蛍は輝きを増した。

「ところで、もう一つあるのだけれど……」

手の中で光っている蛍を飽かずに見ている佳菜子の背中に向かい、上島はつぶやくように話し掛けた。

しかし、彼女は蛍から目を離さない。

「そのままでいいから話を聞いて。これが君へのプレゼントになれば嬉しいのだけれど。実は、これからずっと死ぬまで、毎年君と一緒に蛍を見にきたいと考えているんだ。どうかな？　いつの日か、僕達の子供も一緒にこられたら、もっといいのだけれど」

彼女は言葉の意味を理解したようだが、あまりにも唐突だったせいか、すぐには返事をしなかった。彼女の手は震えていた。涙で蛍の光がぼんやりと滲んでいることまでは分からず、返事をくれるまでの時間がとても長く感じられた。

「嬉しい……」

しばらくしてから彼女は、声を詰まらせながら応えてくれた。上島にはそれだけで充分であった。

だが、佳菜子を再び抱き寄せて唇を重ねた瞬間、上島の右手が彼女の頸部にある小指ほどの腫瘍（塊）に触れてしまった。

二人の周りにあった無数の光が急速に減っていった。

2

上島が佳菜子の部屋から詰所に戻る際、洗面所にいた尾上景子の姿を見て、ふいに彼女の母が入院した時のことを思い出した。

七月中旬のとても暑い日であった。

病棟主任の村山《むらやま》静一《せいいち》講師から電話で、上島は乳癌の末期の患者を受け持つように依頼された。

前日、救急救命センターに運ばれ、そこの部長から瀬戸口《せとぐち》教授が直接頼まれたのだという。すでに他所で癌の告知もされているので、当科《うち》でなにができるか検討することにし、第二腰椎の圧迫骨折もあって、疼痛が酷《ひど》くて動けない状態だと言われた。

村山講師は外来と病棟の主任を兼ねていた。入院患者の主治医を決めるのは彼の役目で、医局員の能力や適性、研究目的などを踏まえて決める。上島が九月に東京で大切な学会発表を控えているのは知っていたが、まだ時間があり、受け持ち患者も四條佳菜子だけしかいないことと、それほど手間はかからないだろうという点を考慮してくれたのだと思った。

電子カルテを見ると、名前は尾上雪乃（五十歳）、主病は、l-breast cancer with meta（左転移性乳癌）と記載されており、初診は瀬戸口教授になっている。

上島創の本名は〈うえしまつくる〉なのだが、何人かは親しみを込めて〈ソウ〉と呼んでいた。最初にそう呼んだのは村山講師であったが、彼も本名は〈つくる〉ですと、あえて説明するようなことはしなかった。

尾上雪乃は、一目で末期癌状態と判断されるほど酷く痩せており、眼窩《がんか》が窪み、目が異常なほど大きく見えた。

上島が自己紹介すると、雪乃は上半身を持ち上げて起きようとしたが、それは不可能であった。苦痛に耐え切れず、頭を少し持ち上げ、聞き取れないくらいの声で挨拶した。

大きな瞳で食い入るように見詰められた。付き添っていた娘も一緒に頭をさげたが、よく似た瞳の母娘だと思った。

ベッドの右端に腰を下ろし、動かず楽にしているように指示し、ごく慣れた所作で、まず形通りの診察をした。問診に対する患者の返事は小さくても明瞭かつ正確であり、知性と育ちの良さを感じさせた。

患者の現住所が京都市の郊外であることをチェックし、遠方からきた理由を尋ねたが、話す元気すら無いのか、返事をしない。紹介者を尋ねると、それには娘が応えた。

「紹介はありません。この町にきたのは初めてで、駅のプラットホームで母が転んで動けなくなってしまい、それで救急車をお願いしてこちらへ運んでいただいたのです」

「愛岐市のどちらへ行かれる予定だったのですか？」

「わたしは知りません。母はこんな状態なのに、わたしに理由を聞かずに付いてきて欲しいとだけ申しまして、それでこちらへきたのです。ねぇ、お母さん、本当にどうしてなの？」

娘が問い掛けたが、母は目を閉じたままなにも応えない。

妙だなとは感じたが、黙って頷くよりなく、詳細は患者がもう少し元気な時に聞けば良いと思った。

診察後、表情にこそ出さなかったが、暗澹《あんたん》たる気持ちになっていた。治療どころか〈死〉という予後が見えるばかりで、適切な疼痛緩解の可能性さえ見当たらなかったからだ。腰椎骨折の直接の原因は外傷であるが、遠因は癌の浸潤《しんじゅん》によるものだろうと判断され、その他に左の股関節が硬直しており、自分で体位を変換するのも困難な状態であった。

そんな状態であるにもかかわらず、一体どんな用事でこちらにやってきたのか、ますます不思議に感じた。

その翌日の午後、詳しく聞くために娘を症例検討室に呼び出した。二十三歳の尾上景子は真正面からこちらの顔をじっと見詰めた。髪の毛は後ろで無造作に束ね、化粧らしい化粧はほとんどしていいなく、口紅を少しさしているだけであった。瞳は澄んで黒く輝いており、顔色が白いせいで唇が殊更赤く見える。

問診したが、この町にきた理由は分からないと言う。しかも、母以外には一人も身寄りが無く、泊まるところも無いので、母の傍で付き添わせてくれと頼まれてしまった。

父親は三年ほど前に、交通事故で植物状態になり、半年ほどで亡くなったと言った。

話している内に、彼女の瞳が潤んできているのに気付き、そこで話は中断した。

上島はつい、軽く溜息をついてしまった。

大学病院は完全看護が決まりになっていて、付き添いはできないことになっていると説明したが、とうとう、「内緒で、なんとかします」と言わざるを得なくなってしまった。

その場で、看護師長に彼女のことを黙認し、付き添い用のベッドの用意を頼んだ。

患者の病態や予後について説明するどころではなくなってしまい、僅かの間、目を閉じて黙した。そして、おもむろに目を開け、景子の瞳を真っ直ぐ見詰めて告げた。

「私は入院中の患者さんやご家族の方にとって一番大切なことは、我慢しないことだと思っています。ですから、どんな些細なことでも必ず申し出てください。もし、疑問がありましたら、遠慮せずスタッフに聞いてください。そうしないと重要なことを見落としてしまい、病院にいらぬ不信感を抱くことになってしまいますから。特に癌の末期の患者さんには注意して欲しいのです」

「はい、ありがとうございます。それを聞いて安心いたしました」

彼女は右手に白いハンカチを握り締めており、その手は微かに震えていた。

話が終わると、彼女は立ち上がり再び深々と頭をさげた。彼女は心の底に沈殿していた不安が少し解消されたようであった。

第三内科では毎週木曜日に定期的に症例検討会が行なわれる。

上島が尾上雪乃の症例を提示すると、すかさず何処からか、〈ひどいなぁ〉と嘆きにも似た声が上った。それに対して多くの医局員が頷いた。普段ならここから色々な意見が出されるはずだが、誰も口を開かない。検討する余地がまったく見当たらないからだ。

「どうするかね？　やはり、当科（第三内科）ではなにもすることが無いようだが」

しばらくしてから瀬戸口教授が沈黙を破った。つぶやきとも質問とも取れるような言い方で、医局員を見渡しながら言った。しかし、誰も返事をしない。いつもは医局員の発言後に口を出すのが常なのに珍しいことであった。

「この症例は救急救命センターの方から無理矢理依頼されて診たのだが、私としては全身衰弱があまりにも酷く、疼痛も激しいようだったので、なんとかしてやろうと思い、それで引き受けたのだが、やはり治療の対象にはならないようだなぁ」

教授は明らかに、入院させたのを後悔している口調である。

「なにもすることが無いのなら、緩和ケア病棟か川向こうに送りますか？」

村山講師が教授の方をちらっと見て静かに提案した。教授はそれを無視するかのように黙ったまま上島の方を見ている。

この〈川向こう〉の川は、市の中央を流れている白州川を意味し、医局関連の緑ケ崎病院のことを示している。

第三内科では、薬物や免疫などの治療適応が無くなった末期癌患者は緑ケ崎病院へ紹介するのが常であった。このことは暗黙の了解事項として医局員全員に受け入れられていた。大学の緩和ケア病棟は常に満床で、余程のことが無い限り入れない状況下にあったので、仕方なく苦肉の策として考え出されたことであった。

しかし、誰も発言しない。消極的な方向への意見は勧め難いものだからだ。

「どうするつもりか、まず、主治医の意見を聞こうじゃないか」

教授はそう言って上島の顔を見た。鋭い目付きである。

「申し訳ありませんが、もう少しこの患者を診させていただきたいのですが」

「どうしてだ？　わざわざ当科で診なくてもいいじゃないか」

村山は驚きを隠さず、少し厳しい口調で言った。医局員全員も驚いている。

上島の主な研究は『癌の病型と免疫療法の関係について』で、学会でも高く評価された論文を書いており、今年の九月にも追加発表する予定になっていた。

「はぁ、確かに川向こうのケースかも知れませんが、どうしても担当していたいのですが」

「今さら末期（癌）の緩和治療だけの患者に力を入れなくてもいいじゃないか！」

言い切った村山は自分の言葉で険悪な雰囲気が漂ったのを察し、すぐに意見を変えた。

「教授、ここは大目に見て、上島君に任せてみませんか？」

教授は不機嫌そうな表情をしたが、「まあ、いいだろ」とぶっきらぼうに同意した。

医局員の大半はその判断を甘いと心の中で感じたようであるが、誰も声に出さない。医局に於いては教授の発言は絶対的だからである。

そのタイミングをとらえ、村山が次の症例を検討しようとした。しかし、上島が続けて発言した。

「あのぅ、もう一つお願いがあるのですが」

もう済んだと思っていた村山は怪訝そうな表情を浮かべた。

「申し訳ありませんが、娘さんのことですが、患者に付き添っていたいと希望していますので、それを黙認してあげて欲しいのです」

上島が講師の顔を見詰めながら言った。村山はほんの少し身体を前に乗り出した。

「そんなことなら問題は無いでしょう。時間がありませんから、次、お願いします」

村山は上島の顔を見ずに言い放った。

上島は嬉しそうに教授と村山に向かって頭をさげた。

「主治医が良かったのか悪かったのか。まあ、仕方がないなぁ」

村山のこの言葉に、教授も苦笑いするよりなかった。

上島は素早くカルテを片付け、道野正彦の傍に戻って座り、二人でこっそり握手をした。

3

症例検討会の後、上島はふと思いたって四條佳菜子に会いに行った。今日は教授回診があったので、もうこないと思っていたのだろう。突然の訪問に彼女はびっくりしながらも微かに笑顔を浮かべた。

しかし、上島に笑顔は無かった。いつものように彼女の手を握りながらもオーバーテーブルを見て胸を詰まらせた。夕食にまったく箸が付けられていなかったのだ。

それはよくあることなのだが、やはり気になってしまう。今は体力を付けることが最も大切なので無理にでも食べて欲しいと勧めたいが、何故か口に出せない。

上島は嘆息するよりなく、そのまま彼女の肩を優しく抱き寄せた。彼女は無言でそっと目を閉じ、彼の胸に身体を預けた。

彼女は病気になる前はよく笑いよく喋ったが、最近では言葉も笑顔も少なくなってしまっている。

唐突に佳菜子が、「早く秋にならないかしら」とつぶやいた。

上島は暑いからそう言ったのかと思ったが、違っていた。

「今、去年の秋に二人で奈良に行った時のことをふいに思い出したの。覚えているかしら？」

「勿論、覚えているよ。あの時は本当に楽しかったね」

上島の表情も少し緩んだ。


昨年の秋、二人が深く付き合うようになって二ヶ月ほど経った頃のことである。奈良へ一泊二日の旅行をして、萩の寺に立ち寄ったことがあった。丁度、萩の花が見頃で、静かな境内を歩くと、二人の腕や肩に枝が触れ、花があちらこちらに零《こぼ》れ落ちた。

その途中、ふいに立ち止まったため、後ろにいた佳菜子が背中にぶつかってしまった。

「あっ、ごめんなさい。どうしたの？」

その質問にはなにも応えず、上島は萩の枝を一本掴んで独り言のようにつぶやいた。

「これは『ツクシハギ』のようだね」

「なーに、『ツクシハギ』って？」

「うーん、普通、萩といえばほとんどが山萩だけど、これは『ツクシハギ』だよ」

「ええっ、そうなの？」

「うん、結構少ない種類だよ。隣の萩と比べてごらん。少し違うだろう？」

「そういえばそうね。創さんは俳句を創られるからかしら。お花のことがそんなに詳しいなんて、本当に物知りですね」

彼女が感心しているところへさり気なく、髪の毛を一本くれと頼んだ。佳菜子は訝《いぶか》しんで首を傾けたが、すぐに振り向いて背を向けた。

上島は彼女の髪の毛を一本抜くと、次いで自分の髪の毛も一本抜き、その髪の毛を丁寧に重ね合わせて縄状にし、『ツクシハギ』の小枝に結わえた。

佳菜子はどうして髪の毛を結ぶのか理由が分からず目を丸くしている。

「これには二つの理由があるんだ。その一つは僕がこの萩の花を好きだからさ。それともう一つは、この『ツクシハギ』のツクシの本当の意味は知らないけれど、ツクシは人に尽くす意味のツクシだと思っているから、これからお互いに尽くし合えるようにと願いを込めてこれを結んだのさ」

彼女はその説明を聞いて目を潤ませた。

「あの時ね、わたしは本当に嬉しくて、一生あなたに尽くしながら生きて行こうと決心したのよ。それなのに、こんな病気になってしまってごめんなさい」

「そんな、謝ることなんかないよ。大丈夫だよ。こんな病気、僕が絶対に治してあげるからさ。前にも言ったように、このタイプはほとんど治るんだから」

「そうだといいな……」

弱々しくつぶやき、佳菜子は窓外に視線を送って空を見上げた。そこには消え入りそうな星が数個見えるだけであった。

「弱気な態度は君らしくないよ。いつもの元気さを忘れないで。そう言えば、あの時のカコの態度には僕も感動したよ」

「えっ、いつのこと?」

突然話題が飛んだと思ったのだろう。恋人の目をじっと見詰めた。

「ほら、二人で蛍を見に行った夜、僕が君の頸部に腫瘤を見付けた時のことだよ」

上島は彼女の首にそっと触れた。

「えっ?」

「僕がこれはプローベ(試験的切除術)をして、きちんと調べた方がいいよって言ったら、君はそのことを冷静に受け止め、笑顔さえ浮かべていただろう? 普通なら医学的な知識があればあるほど、焦って取り乱してもおかしくないからね」

「あら、そのこと? だって、あの時は嬉しいことが沢山あったから……。それに、悪性だとは思わなかったから、そんなに深刻には受け取れなかっただけよ。あなたが傍にいてくれるから、医学的な知識に素直に従うだけだわ」

彼女は微笑み続けている。

「そう、そんな冷静で理性的なところが、君の魅力かな」

「ありがとう、嬉しいわ。でも、病気は必ず治るとは限らないし。正直言って、治療の副作用がこんなに辛いものだとは思わなかったわ」

「病気は治るに決まっているから、元気を出しなよ。さてはあまり勉強しなかったな？」

「そうかもね。でも、わたし、頑張ります！」

佳菜子は肩をすぼめながら笑みを浮かべ、彼の手を強く握り締めた。

4

お盆を少し過ぎた頃、上島が尾上雪乃の回診にいくと、彼女の左手首に布の紐が緩く縛られていた。紐の先はフリーでぶらぶらしている。

通常、患者の手首が紐で縛られていることはほとんど無い。あるとしたら意識障害を伴う患者の点滴をしている際の体動を止めるためのものである。しかし、彼女の意識はしっかりしていて聞き分けも良いので、そんな必要は無いはずである。しかも、拘束するためにしては、医学的な看護による方法とは紐も縛り方もまったく異なっている。片方の手首だけというのも妙である。

不審に思って尋ねてみた。

雪乃は縛られている左手を僅かに動かしたが、どこか言い難そうである。

すると、傍にいた娘の景子が消え入りそうな声で謝りながら説明した。

「わたしが情けないからです」

景子の言うことと紐がどうしても結び付かず、彼は首を傾げて苦笑いしてしまった。

「実は、わたしが起きられないからです」

「ええっ？」

ますます訳が分からない。

「実は、母が夜中に身体が痛くて体位を変えてくれと言うのですが、小さな声で呼ばれただけでは、わたしが眠り込んでしまっていて起きられないのです。それで、わたしの手首に紐を縛り、母にそれを引っ張ってもらって、起きるようにしているのです。大きな声を出しますと、皆様にご迷惑が掛かりますから」

景子は淡々と、しかもはっきりとした口調で説明した。

「わたしが夜中に腰が痛くて何度も起こしますので、娘が寝不足になっておりまして……」

母もすまなさそうに追加したので、上島は驚いた。

「体位変換はどのくらいの間隔でしているのですか？」

「前は二時間に一回くらいでしたが、この二、三日急に回数が増加しています」

傍らにいた看護師が報告した。

「行き届かなくて申し訳ありません。付き添いの方にそんな負担を掛けてしまっているとは気付きませんでした」

「いいえ、そんな。付き添わせていただけるだけで感謝いたしております」

「いや、大学病院は完全看護になっていますが、ご承知のようにそれは建前だけで、到底できていないのが実情です。完全看護ができているのは手術室かＩＣＵくらいで、私達も人手不足で困っています。しかし、できるだけこちらで介護しますから、遠慮せずにナースを呼んでください」

「ありがとうございます。皆様には良くしていただいております」

景子は深々と頭をさげ、雪乃は目礼をして感謝の意を表わした。

雪乃の病状は重くなるばかりで、起坐は勿論、介助無しには少しの体動もままならなくなっていた。そんな悲惨な状況下にあっても、患者や家族は医療従事者に遠慮してなかなか本心を告げないのだということを、上島は改めて思い知らされた。

その翌日、上島が尾上雪乃の病室に入る寸前、後ろから一人の看護師・水島五月が小走りに近付いてきた。彼女は頭は良いが口の悪いのが玉に瑕《きず》で、詰所でも時々物議を醸していた。回診に同行すると言った。

彼女は病室のドアをノックすると同時に、「失礼します」と大きな声を掛け、さっさと中へ入って行く。上島も続いて、すぐに尾上雪乃のベッドサイドに向かう。その日もベッドはカーテンで仕切られていた。

近付くと、付き添いベッドに寝ていた景子が飛び起きた。彼女は寝起きでも笑顔を絶やさない。そんな彼女の姿に凛《りん》としたものを感じる。その頃には彼女は西病棟七階で働く職員全員を感動させ、若山《わかやま》看護師長が褒めちぎるような存在になっていた。

雪乃も閉じていた目をゆっくりと開いた。

上島は雪乃の右側に立って、静かに様子を尋ねると、相変わらず背中から腰の痛みが酷いが、変わりはないと言う。

　彼は寝巻の上から聴診器を胸に当てて呼吸音を聞いた。両肺にバリバリという湿性ラ音を聴取した上島は、軽い肺炎を伴っていると判断し、咳と痰があり、熱が三十八度二分もあるので、彼は内服をするように勧めた。

　だが、雪乃は蚊の鳴くような声で拒否した。もう長く苦しみたくないと言うのである。

　上島は無理を承知で、再度勧めたが、どうしても了承しない。

　上島は、「じゃ、なんとか頑張ってください」としか言えなかった。彼はいつも、〈頑張って〉という台詞を使うのは極力控えるように心掛けているのだが、この場合はどうしても使わざるを得ない状況だと判断したのだ。

　彼女は娘の方を指差そうと右の前腕を動かし、いつものように娘のために早く死にたいと言いたかったようだが、声にはならず、その動きもごく僅かであった。

　腕も指も骨と皮だけになってしまい、食事もあまり摂れないでいるので、余計に痩せこけてしまっている。

　現に、今は鎮痛剤の使用だけで、その他の治療は一切拒否されている状況であった。

　それでも内心では雪乃に感心していた。癌の末期患者から、早く殺してくれと頼まれることはままあるが、それは苦痛から逃れたいという気持ちからであることがほとんどである。それどころか、家族から患者を殺してくれと言われることすらある。

　しかし、彼女のように身内のために早く死にたいと言われるケースは、経験したことが無かった。

痩せてより一層大きくなった瞳が異様に輝いて見える。

「お母さん！　そんなこと、もう喋らないで」

景子は震える手で母の手を掴んだ。娘の瞳は涙で溢れていたが、母は泣いていない。それが冷静さのせいか、それとも涙が涸れてしまったせいなのか判断できない。

彼に、〈現在の日本の医療の状況下では安楽死は認められてはいません〉などと事務的に説明できるはずもなかった。頭の中では、今の医療はあまりにも患者の延命ばかりに傾き過ぎていて、それが正しいのかどうか疑問だと考えていたが、それも言えなかった。

雪乃は深く溜息をついて目を閉じた。話すのも辛いのか、額から脂汗が滲み出ている。

その翌日も回診に行くと景子はいなかった。いつものように診察しようとすると、雪乃から内緒の頼み事があると言われ、一通の封書を手渡された。

彼女達が愛岐市にきたのは、ある人物を頼ってきたのだが、その人と会う約束をしていたにもかかわらず、不慮の事故で緊急入院したために連絡が取れなくなってしまい、困り果てていると言うのである。

さらに、その封筒に彼女達の事情を説明した手紙が同封してあり、雪乃がその人物と連絡を取れないまま死を迎えるようなことになったら、中に相手の住所と名前、電話番号が書いてあるので、なんとか娘をその人と面会させてやって欲しいと頼まれた。

上島は気楽に了承して受け取ったものの、その時に詳しく事情を聞かなかったことが、後日、大きな問題になろうとは夢にも思っていなかった。

結局、その封筒を医局にある自分のロッカーの奥にしまい込んでしまった。

第二章　未来の夢

1

八月も末のある夕方、上島創がナースセンターでカルテをチェックしていると、偶然、若山師長と看護師がしている噂話を小耳に挟んだ。道野が子供のために今年中に大学を辞めて開業するという話をしていたのである。

そんなことは知らなかったので、上島は道野本人に直接会って聞こうと考えた。

そこで、翌日の夜、上島は道野を誘い、繁華街のほぼ中央にあるバー『火羽里《ひばり》』に行った。そのマスターはゲイで、美空ひばりの熱烈なファンであった。物真似をさせると面白くて楽しいという評判の店であった。

上島は酒を口にすることは滅多に無かったが、道野はその店の常連でボトルをキープしていた。

彼が少し酔ったのを見計らって上島が尋ねた。

「おい、道野、君が開業するって噂を耳にしたけれど、本当か?」

「誰から聞いたんだ?　どう聞いたか知らないけど、今は噂だけだよ。今は……」

「そうか」

「開業すると決めたら、必ず、必ず、君に言うから心配するな!」

道野は乾いた声で笑った。

本当かどうか、再度確認したが、道野ははっきりした返事をせず、グラスの方ばかりを見詰めている。上島はそんな態度を奇異に感じた。

上島は彼が急に酔ってしまったようなので、少し不安になった。

「おい、大丈夫か?」

「うーん、大丈夫だ。これしきの酒で酔うはずがない。それに、開業しようにもそんな金は無い!」

唐突にしかも断言するように言い、一気にグラスを傾けた。

「でも、君が開業したいと言えば、どこの銀行でも貸してくれると思うけど」

「そこが君の甘いところだよ」

「そうか?」

「創君がそうかって言うな!」

この台詞は上島が〈そうか〉と言うと、いつも口癖のように反応して言っている。

「銀行なんて保証人か担保が無ければ一銭も貸してくれないさ。君も覚えておくといいよ。貧乏人は辛いね」

「うん、確かに、僕らは地道に働くしか無いからな。情けないけど」

「そうだな。君も貧乏で苦労したんだったな。すまん」

この会話で上島は道野が銀行に行ったのだと察したが、それ以上は聞けなかった。彼に開業したくても先立つ物が無いのだと確信した。

「あら、あら、お二人共深刻なお話をしているようね。なんの話なの?」

女装したマスターが身体をくねらせながら話し掛けてきた。

「貧乏人は辛いという話さ！」

道野は不貞腐れたように応え、空になったグラスを差し出した。

「あら、ご冗談を。お医者様は皆さんお金があり過ぎて困っているんじゃないの？　少しは使うお手伝いをさせて欲しいわね」

「阿呆か！　無いものは無い！　ここも少しじゃなく、沢山負けてくれなくちゃいかん！」

「お医者様になるだけでも、何千万と必要なのでしょ？」

「そんな大金があったら、医者にはならなかったよ。きっとその金で楽しくやることを考えたよ。なっ！」

道野は上島の肩を叩いて同意を求めた。

「うん。どうも世間には誤解があるようだね。もう、そんな話は止めようよ」

「こいつも金が無いからな」

「うん、それはそうだけれど。それより、大丈夫か？」

「ああ、平気さ！」

道野は大声で笑ったが、それは空元気のように感じられた。

マスターは上島にウインクして道野にグラスを勧めた。上島は苦笑するしかなかった。

「おぉ、今夜は呑むぞ。なぁ、君ももっと呑め！」

「そうよ、そうよ、上島先生。人生はお洒落に楽しくやらなくちゃ」

「じゃ、もう少し呑もうか。マスター、なんでもいいから、作って」

「おぉ、やるか。マスター、特別なやつを頼む」

「はーい、わたしにオカマせじゃなかった、オマカせしてちょうだい」

マスターは袖をまくり、両腕に力瘤を作って見せた。

「おいおい、可愛いマスターが、そんな筋肉を見せ物にしてどうする」

他の客から声が掛かった。

「あら、いやだ。わたしとしたことが」

マスターが急いで科《しな》を作ったので、店内は笑いの渦に包まれた。

「じゃ、上島先生、今日はモスコーミュールでもどうかしら？」

「あっ、それいいね。じゃ、それを頼むよ」

「お・ま・か・せ」

マスターが右の小指を真っ直ぐ立てて言ったので、再び笑いが起こった。

カクテルが出されると道野がグラスを持ち上げた。

「乾杯でもするか？」

「うん。じゃ、なにに乾杯しようか？」

「なんでもいい！」

「それでは、僕らの未来に！」

「うーん。未来か……。それでは、あるか無いか分からない未来に乾杯！」

「おい、そんなことを言うなよ。未来は誰にでもあるよ」

「そうだといいけどな」

道野は速いピッチで呑んでしたたかに酔い、ボトルをほとんど空にしてしまった。一人ではとても帰れない状態になってしまった。

上島はタクシーで家まで送って行こうとしたが、妻の友美《ともみ》が迎えにくるからいいと言って断られた。店の外まで道野を送って行くと、すでに友美は車できて待っていた。

上島は彼女の挨拶をする声が明るかったのでホッとした。しかし、それはほんの一瞬であった。

「今日はありがとう。楽しかったよ。じゃ、これで…」

道野がそう言って右手を上げた途端、ふらふらっと車の方へ倒れ掛かってしまった。上島と友美は慌てて彼の身体を支え、上島が後部ドアを開けてそこに座らせた。

ふと助手席を見ると子供が一人座っている。上島はその子の名前を覚えていた。両親である正彦と友美から一字ずつ取って付けた名前だったからである。

上島が、「友彦《ともひこ》君、こんばんは！」と挨拶したが、子供は無表情でなんの反応も示さない。聞こえなかったのかと思い、もう一度声を掛けようとしたが、それはできなかった。

友美がその言葉を遮るように謝ったのだ。

「創君、人生には愛情や努力だけではどうにもならないことが沢山あるよ」

その時、道野の眼鏡の奥がキラリと光った。それで、〈あっ、そうか！〉と納得した。

確かに、今夜の道野は明らかにいつもと様子が違っていた。だが、その理由が分からなかった。一体どうしたのだろうと心配していたが、泥酔の原因はもしかしたら彼の息子にあるのかも知れないと思い、急に暗澹《あんたん》たる気持ちに陥ってしまった。

その年の六月中頃、喫茶『野菊』に道野から話があると呼び出されたことがあった。その時、彼から、「息子の友彦に知的障碍《しょうがい》があり、これからは子供のためだけに生きて行かなくてはならない」と告げられていたのだ。

しかし、そんな彼の哀しみは頭で理解していただけで、今夜、彼の息子に会うまでは実感を伴っていなかった。障碍を持つ子供に対する不憫《ふびん》さ故か、子供のために長年努力してきた大学病院を辞めなくてはならない無念さ故か、道野が独りで苦悩していることにやっと気付いたのである。

上島には親友として言うべき言葉が見付からなかった。慰めの言葉など無意味だと思い、自分の配慮の足らなさを恥じた。

2

七月の中旬まで話は遡る。

尾上雪乃が駅のプラットホームで転んだのと丁度同じ頃、白州川観光ホテルの専務室に一人の女性がノックもせずに入ってきた。白州川観光グループの会長である中島泰治の妻・蓉子《ようこ》である。急いできたせいで呼吸が荒い。

中島博司は笑顔で迎えた。事前にすぐ行くという電話があったにもかかわらず、義母のただならぬ様子に彼は少なからず驚いた。蓉子は気性が激しく、多少のことでは慌てることの無い性格であることをよく知っていたからである。

彼女はすぐに、秘書の河合房子《かわいふさこ》に退室するように命令した。

博司と二人だけになると、蓉子はソファーに座り、すぐにハンドバッグから一通の手紙を取り出し、それを手渡して読むように言った。

それは義父の中島泰治宛の手紙であった。博司は義父宛の手紙であり、しかも親展と書かれていたため、読んで良いものかどうか迷い、義母の表情をそっと窺ったが、彼女に早くと目で促され、封書に視線を戻した。

差出人には東郷《とうごう》雪乃とあり、文面はか細い文字で一字一字丁寧に書かれていた。博司はそれを読んだ後、戸惑いの表情を隠せなかった。

拝　啓

長い間ご無沙汰致しておりますが、お変わりございませんでしょうか。

二十四年前のあの日、もう二度とお目にかかることは無いと決心し、あなたとお別れしながら、こうしてこのようなお手紙を突然差し上げる失礼をどうかお許しください。

今のわたしには他に頼れる方が見当たらず、失礼を承知でペンを執りました。

今からお話しすることをどうか驚かないで聞いてください。

わたしには景子という名前の一人娘がいますが、この子はあなたとわたしの間にできた子供なのです。あなたにとってはあまりにも突然な話で信じられないかも知れませんが、それは偽りの無い真実です。

あの時、わたしは結婚するためにあなたの元を去りましたが、わたしのお腹にはすでに景子が宿っていたのです。しかし、真剣にあなたを愛していたわたしは、結婚相手があなたと同じ血液型であることを知り、いけないとは思いつつも、その秘密を抱えたまま結婚して出産しました。

幸い、その事実は今まで誰にも知られず、主人も景子を本当の娘として可愛がり、景子も主人を実の父親として慕い、すくすくと明るく成長してくれました。このことはわたしだけの秘密にし、一生涯誰にも話さないと心に誓っておりましたが、それを守れない問題が起きてしまいました。

実は、主人には三年前に交通事故で先立たれ、わたし自身も乳癌に侵され余命幾ばくも無く、もって今年一杯だとお医者様から宣告されてしまいました。

初めは愕然と致しましたが、今は気持ちの整理も付き、わたし自身は死を受け入れる心の準備はできています。それでも、一人残されてしまう景子のことが不憫で、このままでは安心して死を迎えることができません。娘は愚痴一つ零《こぼ》さずわたしの看病をしてくれていますが、多少はあった蓄えも乏しくなり、今は生活保護を受けている始末です。

そこでご無理を承知でお願いしたいのですが、景子にはあなたが父親であることを秘密にし、主人の古い友人だということにして、傍で見守ってやって頂けないでしょうか。結婚するまでで結構です。幸い、景子は頭も良く、とてもしっかりした娘で、決してご迷惑をお掛けするようなことは無いと思います。

まことに勝手なお願いであることは重々承知致しておりますが、是非お聞き届けくださいますようお願い申し上げます。

ご了承頂けますなら、お返事をください。お待ち致しております。

敬具

東郷雪乃

博司が手紙から目を離すや否や、蓉子は見たことも無いような怖い顔をして、「どうしよう?」と言い、左手で彼の膝を激しく揺すった。

「うーん、そうだね……。ところで、この手紙はどこで見付けたの?」

「書斎の机の引き出しよ! ねぇ、博司さん、どうしましょう?」

彼女はかなり焦っている。

「まずこの手紙をあった場所に戻しておいて、それから……」

博司は手紙を義母に戻した。そして、腕を組んでそのままソファーにもたれた。あまりにも突然過ぎる話なので、どうしたら良いのか分からず戸惑っている。

博司が黙っているので、痺れを切らして蓉子が言った。

「あの人はきっとすぐに返事を書いて送ったに決まっているわ。間違いないと思う」

「どうして?」

「だって、この一週間、あの人は毎日呑んでいたお酒をピタリと止め、タバコも控えているのよ。この手紙のせいよ! あの人はなにかあるとすぐ態度に出るから分かるのよ」

「そうなんだ。気が付かなかったなー」

「それで怪しいと思って書斎をチェックしてみたら、案の定、これが出てきたの」

蓉子は博司の目の前で封筒を上下に振ったが、彼はそれを押し止めた。

「まぁ、それは片付けて。それで、その東郷雪乃って人をお袋さんは知っているの?」

「知っているわ。だって、あの人の秘書だったから」

最後は口籠ってしまった。

「親父さんは本当にその女性と男女の関係があったのかなぁ？」

「手紙にそう書いてあるのだから、事実じゃないの！」

蓉子は不機嫌そうに言い放ったが、昔、問い詰めて白状させたことには触れなかった。

「あの人の酒癖と女癖の悪さは病気みたいなものだから、ずっと泣かされ続けてきたのよ。わたしが子供を産めない身体だったから、我慢するしかなかったの。くやしぃわ！」

蓉子は大粒の涙を流した。

「お袋さん。今ここで泣いても問題はなにも解決しないよ。さぁ、涙を拭いて……」

博司が机の片隅にあったティッシュを二、三枚引き抜き手渡したが、彼女はそれを受け取らず、バッグから自分のハンカチを取り出して目頭を押さえた。

「お袋さんが悪い訳じゃないから。これからもずっと味方するから、もう泣かないで」

博司は右手で蓉子の膝を優しく叩きながら慰めた。それで彼女は少し落ち着き、軽く頷《うなず》くと博司の右手を両手で強く握り締めた。

「ありがとう。あなたがそんな風に優しく言ってくれると安心するわ。博司さん、本当にあなただけが頼りだから、お願いしますね」

「はい、はい。ちゃんと分かっているから……」

「あなたが養子にきてくれて本当に良かったわ。亨《とおる》兄さんには感謝しているのよ」

中島泰治は妻に子供のできないことが判明してから、迷った末に蓉子の一番上の兄・亨の次男であった博司を後継者にするべく養子にもらい受けていたのである。

博司は大学を卒業すると同時に中島家の養子に入り、白州川観光グループの中心である白州川観光ホテルに就職した。そして、今年の五月末には内々ではあるが、後継者として頑張るようにと指示されたばかりであった。正式には次回の株主総会で承認されることになっていた。泰治と蓉子は博司の能力と人懐っこい性格を高く評価し、幼少の頃から中島家によく出入りし可愛がってもいたので、養子縁組した時は心の底から喜んだ。

蓉子の厚化粧は涙で崩れてしまっていたが、それを直そうともしない。

「ところで、お袋さん。親父さんは今どこにいるの？」

「商工会議所よ。次期会頭を誰にするか、話し合いがあると言っていたから。もう、さっさと引退してしまえばいいのに！　肝臓の病気だって軽くはないのだから」

「そうか、じゃ黒田さんは？」

「順さんは主人に付いているのでしょ。そんなことより、これをどうしたらいいのか考えて！もしこの子が本当にあの人の血を分けた子供だったら、きっと、ただじゃすまないわよ。あの人の性格を考えると、必ず財産を分け与えると言い出すに決まっているから。そうなったら、困るのはわたしだけでなくてあなたもなのよ。分かっているの？」

「うん、分かっているよ。婚外子でも僕と同じ権利があると決まっているからね」

「そんな不合理なことは無いわよね。今まで家族として面倒を見てきたことは一体どうなるの？絶対におかしいわよ！」

「そんなこと、ここで言っても仕方がないよ」

「本当にいやだわ。それよりどうするの？　もしかしたら、もう遺書にとんでもないことが書かれてしまっているかも知れないのよ」

彼女は博司を睨み付けるようにして喋る。

「まず、今夜、僕が黒田さんを内緒で呼び出して話を聞いてみるから」

黒田順一《くろだじゅんいち》は長年にわたり、秘書として中島泰治と一緒に仕事をしてきた人物である。泰治の信頼を一身に集めていた。

「とにかく、事実関係をはっきりさせてから、それから考えることにしなくては。あの人なら親父さんから聞いているはずだから」

「でも、順さんは主人だけに忠実だから、正直にきちんと話してくれるかどうか心配だわ」

「大丈夫、僕が上手く聞き出してみせるから、任せておいて！」

「頼んだわよ。上手くやってくれると信じていますからね。あなたが引き受けてくれたので少しホッとしたわ」

蓉子は僅かに微笑んだが、博司は反対に厳しい表情になった。

義母が帰った後、博司は黒田からどのように聞きだそうか、色々と作戦を練り始めた。

彼がその思案をしている最中に義父から電話があり、今夜必ず、料亭『芳竹』にくるようにと指示された。

3

料亭『芳竹』は愛岐市の郊外で、白州川河畔の北側に接し、山に囲まれた風光明媚な場所にあった。

そこは某大物政治家の別荘であったところを、中島泰治が政治献金の代わりに高値で購入したと巷《ちまた》で噂されていた。彼は酒と料理には金に糸目を付けない大変な美食家であった。京都の料亭から引き抜いてきた料理長の腕前は素晴らしく、県内だけでなく、県外からも客がくるほど評判の店であった。

中島博司は約束の時間より少し早目に到着した。玄関に車を着けると、白髪の下足番が走り寄ってきて車のドアを開けながら、会長がきているので急ぐようにと教えてくれた。

博司は慌てて中に入って行った。義父であるとはいえ職場の上司であり、しかも超の字が付くほどのワンマンな人物であるので、臍を曲げられては拙《まず》いと思ったのだ。

一番奥の離れに着くと、一度立ち止まり髪型を両手で整え、声を掛けてから襖を静かに開けた。部屋には中島泰治と黒田順一の二人がいた。見ると、座敷机の上には麦茶しか出されておらず、奇異に感じた。それまで義父が先にきて待っていることなどほとんど無かったし、仮にあっても、ビールか日本酒を呑み始めているはずだからである。

博司は、遅れたことを謝り、軽く頭をさげた。

「いやいや、わしらも今着いたところだ。忙しいのにわざわざ呼び出してすまなかったな。まぁ、そこに座りなさい」

泰治は博司を笑顔で迎えたが、黒田は笑っていない。いつもはその逆で、黒田がニコニコしており、義父はあまり笑わないのが常であった。それも奇異に感じた。

「いいえ、どうせ今夜は暇でしたから」

丁寧に応え、博司は義父の前に座った。本当は別の予約があったのだが、それをキャンセルしたことはおくびにも出さなかった。

仲居がお茶を運んできたが、すぐに部屋を出て行った。注文を取らなかったのは、そうするように命じられているからだと思った。

室内はクーラーが寒いと感じられるくらいに効いている。

「毎日暑くて堪らんなー」

泰治はつぶやくと同時に、麦茶を一口含んだ。

「はぁ、そうですね。今年は特に……」

「ところで、君にここへきてもらったのは他でもないんだが、あれに聞かれるとちと拙い話だからな」

義父はニヤリとした。昔から機嫌が良いと〈君〉と呼び、悪いと〈お前〉と呼ぶのが常であった。

泰治達の夫婦仲はすでに冷え切っており、まさしく仮面夫婦の状態であった。そのせいか妻のことを〈あれ〉と表現していた。

博司は黙っているよりなく、黒田も無言のままでいる。

「君も気付いていると思うが、最近、わしは急に体調が悪くなって、自分でも自覚せざるを得ない状態になってしまってな」

義父が唐突に苦笑いしながら言ったので、博司は少し驚いた。

「親父さん！　それは笑い事じゃありませんよ。身体をもっと大切にしてもらわないと」

「そんなことは分かっている。まぁ、聞きなさい」

「はい」

「それで、君に会社を任せると言っていただろう？　わしが元気なら、そうは言わなかったかも知れないじゃないか。なぁ、順さん」

笑いながら黒田の方を向いた。

「はぁ」

もともと無口な男である。黒田は一言だけ応えた。

「わしはいつ死んでも悔いは無いというのをモットーに生きてきたからな。血を吐いて死んだとしてもかまわないと思い、誰にも迷惑を掛けないはずだと信じていたんだが……」

そこまで言うと、泰治は天井を見上げて深く一呼吸した。彼の顔色は黄疸《おうだん》でどす黒く、素人目にも明らかに悪い状態だと分かるほどであった。

博司は義父がなんの話をしたいのか薄々感じていたが、素知らぬ振りをしていた。

「それで……っと、他人からも余程重症に見えるらしく、皆から大きい病院できちんとした検査と治療を受けるようにと勧められてはいたんだが、わしはそれに耳を貸すようなことはしなかった。たとえ、頑固だと言われても、それは勲章だとさえ思っていたからな」

そう言ってかなり大きな声で笑ったが、博司と黒田は事実だけにとても笑えなかった。

「申し訳ありません。僕には話の内容が見えてきませんが……」

「まぁ、慌てなさんな。まだ時間はある。わしに残された時間は少ないけどな」

泰治はまた声を出して笑った。

「会長、そろそろ本題に……」

黒田が低い声でアドバイスすると、泰治はおもむろにタバコを取り出して火を点けた。

「あぁ。実はな、一昨日のことなんだが、わしの気がちょっと変わって、順さんにも勧められたので、かかり付けの宮本剛《みやもとたけし》先生に紹介状を書いてもらって、愛岐大学病院に行ってきたんだ。あれには内緒でな」

「あっ、そうでしたか。それは良かったです。それでどうでしたか？」

「そうしたら、血液検査とエコーと、あれはＭＲＩって言うのかな、その検査を受けたら、すぐに入院しろと言われたよ」

義父は笑顔を絶やさずに喋る。

「そんな……、笑いながら話されることではないですよ。すぐに入院しないと」

博司は目を丸くして応えた。

「焦らんでもいい。わしの身体のことはわしが一番良く知っているからな」

「で、どうするの？」

博司は部下ではなく、完全に息子の立場に戻って訊いた。

「肝臓がC型肝炎から肝硬変になり、今は癌ができていると言われた……」

「えっ、それは大変じゃないですか？」

「そうだ。大変だな」

淡々と他人事のように話す。笑みを絶やすことは無かったが、博司はそうはいかない。

「なら、急いで入院の手続きをしなくては駄目でしょう。そうなると、お袋さんに内緒という訳にはいかないじゃないですか？」

「あれには二、三日経ってから言うつもりだから、今は言わないようにしていてくれよ。いいか！　ちょっとした理由があって、それでなんとか今年一杯くらいは生きておらねばならんと思ってな。再来週くらいには入院するつもりだ」

笑っている義父を見ていると、とても癌と宣告された人物には見えず、博司は冗談ではないかとさえ思ってしまった。これまでいくら勧めても拒んでいたのに、受診したのは例の手紙が関係しているのではないかと推察したが、そこに触れることができずにいた。

「話はこれからだ」

義父が急に真面目な表情を取り戻して言った。

「うーん、このことはあれには勿論、君にも言いたくはなかったんだが、順さんが内緒にするのは拙いと言うので、それで君にきてもらったんだ」

「はい、なんですか？」

「うん、実は、ある女から手紙がきて分かったのだが、わしに隠し子がいたんだ。わしも今まで知らなかったから、本当の隠し子だな」

泰治は苦笑いした。博司はやはりと内心で思った。

黒田が、「会長……」と言って、たしなめるように手を動かした。

「そうか、そうか。すまん、すまん」

謝りながらも喜びを隠せない顔をしている。

「まだ、事実かどうか分からんが、恐らくわしの子だと思う」

「そうですか……」

「ああ、本当は昨日か今日、わしのところへ母親と一緒に訪ねてくるはずだったんだが、まだきておらん。なにか手違いがあったのかも知れんが、この手紙にくると書いてあるから、間違いなくくるはずだが……」

義父は一通の封筒を背広の内ポケットから取り出して博司に見せた。それは義母が持ってきたものとは別のものであった。

「それにしても、まだ連絡が無いとは妙だな？　順さん、どう思う？」

泰治の顔から笑みが消えた。

「なにか不都合があったのかも知れませんね。でも、その内きっと連絡してきますよ」

「そうだといいんだが」

「会長が手紙に携帯の番号を書かなかったから、いけなかったんですよ！　今朝方、向こうに電話してみましたが、すでに電話は使用中止になっていました。携帯は持っていないのでしょうか？」

「多分な。失敗したなぁ。あっちは会社の住所と電話番号を知っているので、問題は無いと思ってしまったんだが、やはり拙かったか……。本当に会社にはなんの連絡も無かったのだな？」

「はい、交換手にもフロントにも言ってありますが、それらしき人物からの連絡は無かったそうです」

「じゃ、待つしかないか。すまんが順さん、連絡が無かったら、こちらから連絡を取るようにしてみてくれ」

「はい。もし、連絡が無ければ、私が調べますからご安心ください」

「頼む。あちらに出向いてでも探してみてくれ」

「分かりました。それより、会長、今は療養に専念する方が大切だと思いますが……」

「おう、だから今は酒も止めているし、入院もしようとしているじゃないか。タバコも減らしているつもりだからな」

苦笑しながら持っていたタバコの火を揉み消した。

「そこでだ、博司君。会社は君に任せる方針に変わりはないが、わしの資産の一部をだな、その子に譲るつもりだから了承してくれ」

「はい、勿論。それにはなんの異存もありません。親父さんの病気が心配なだけです」

博司は心の底からそう思って返事をした。

「そうか、そうか。君にそう言ってもらえると安心だよ。当然、わしの子かどうか判明してからの話だからな。あれにはこの話題に触れないように、くれぐれも注意していてくれよ。よろしく頼む。順さんもよろしくな」

「はい、了解しました」

黒田は黙って頷いた。博司もはっきりと応えたが、なんとなく不吉な予感がしていた。

やがて料理が運ばれてきたが、料理長の自慢している具がなにも入っていないお吸い物の味が博司には虚しく感じられた。

4

尾上雪乃は入院してからずっと、ベッドで臥《ふ》せったまま身動きが取れずに焦っていた。中島泰治からすぐにくるようにとの手紙をもらい、急いで京都を引き払ってきたが、突然の入院を余儀なくされ、そのことを報告する術が無かったのだ。

頼りにすべき一人娘の景子にはこの町にきた理由を秘密にしているし、そうかと言って、他に相談できる者もいない。携帯も無く、公衆電話まで移動することすらままならない病状であった。一刻も早く連絡しなければと、気持ちは焦るがどうしようもなかった。

そんな折、娘が買い物に出掛けた留守に看護師の水島五月が巡回にきた。

そこで彼女に頼むことにした。五月は快く了承し、自分の携帯を手渡し、その場で使うように勧めてくれた。

それは丁度、中島泰治が大学病院の同じ病棟へ入院してきた日の午後であった。

しかし、白州川観光グループの本社に電話して会長につなぐように依頼すると、

「申し訳ございません。会長はしばらくの間留守にしておりますので、連絡はお取りできません。大変ご迷惑をお掛けいたしておりますが、仕事に関するお話でございましたら、専務の中島博司を通してお願いいたします」

と告げられ、こちらの名前も聞かずに断わられてしまい、雪乃は困惑してしまった。

名前を名乗り、なんとかならないかと粘ったが、それでも駄目であった。彼女はどうして会長と連絡が取れないのか分からなかった。別の人間に話ができるはずもない。ましてや会長の自宅には電話できないため、もはや手の打ちようが無くなってしまった。もしかしたら泰治が心変わりしたのかとさえ疑い、連絡が遅れてしまったことを悔やんだ。

肩を落として礼を述べる雪乃の態度に、五月はなにか問題があるのだろうと察したが、元気を

出してくださいねと言って慰めるしかなかった。

中島博司は義父が入院する前日、秘書の黒田順一から、〈会長のところへすぐにくるように〉との連絡を受けた。自宅で義母の蓉子と会っている最中であった。会長の家のすぐ隣に住む博司の家に、蓉子は東郷雪乃からの手紙を見付けてから、毎日のようにきていた。

当初、おだやかに義母の話を聞いていたが、段々彼女のペースに乗せられて行く自分に気付き、イライラするようになっていた。蓉子もイラ付いていた。まだ見たことも無い子供に、しかも、夫を奪った憎むべき女の子供に、大切な財産の一部を渡さなくてはならない羽目に陥る悔しさに涙していたのである。

博司は義母の必死さを理解できたがどうしようもなく、いくら考えても厳然たる事実は変えられるはずもなかった。そのまま受け入れるしかないと思っていたが、日が経つに連れ、心が微妙に変化しつつあった。特に、義母が言った次の言葉に心を揺り動かされた。

「博司さん、あなたにはあなたにとって大切にしなければならない未来の夢があるのでしょう？それが主人の隠し子の出現で消えてしまうかも知れないのよ」

確かに、自分は白州川観光グループの後継者にするという約束に魅了されて中島家の養子になった。そのための努力もし、我慢もしてきたという自負もある。

蓉子は博司が泰治に呼ばれたと聞き、「あんな人、待たせておけばいいのよ」と冷たく言い放った。彼女の表情は日に日に険しくなってきている。

「そうはいかないよ。親父さんを怒らせると、どんなことになるか分からないから」

「そうね。それより、さっきの話だけれど弁護士に相談してみたの？」

「うん、家の顧問弁護士の樽見《たるみ》先生じゃ拙いと思って、青年会議所の仲間の弁護士にちょっと聞いてみたのだけれど、やはり、親子関係が証明されれば遺産の贈与は当然で、遺言に書かれていればどうしようもないってさ」

「もう、あんな人、早く死んでしまえばいいのに」

「そんなぶっそうなことを言っては駄目だよ」

「あの人には今まで散々迷惑を掛けられたのに、死に際になってまでこんな仕打ちを受けるなんて、情けない人生だったわ」

蓉子は膝を叩いて悔しがった。

「でも、明日から大学病院に入院して治療を受ける気になったのだから、しばらくはこのまま様子を見ていようよ。どうも黒田さんがこれから京都に行くと言っていたから、娘さんを探しに行くのかも知れないけれど、今のところはなんの連絡も無いようだからさ」

「そうなの？　連絡が無いのは丁度いいけれど、それはそれでなんとなく不気味ね」

「ひょっとしたら、親父さんに会うのを諦めたのかも知れないね」

「そんなの駄目よ！　向こうが諦めてもあの人が諦めないわよ。気が変になっているのよ。日に日に酷《ひど》くなって、あの人は娘のことばかり気にしているわ。その内に遺言を書き換えるなんてことも言い出しかねないわよ」

「まさか、そこまではしないと思っているんだけど」

「なにを呑気なことを言っているのよ！　わたし達がなにもしなかったら、そうなってしまうわよ。そんな予感がするの」

「そんなことは……」

博司は途中で言葉を止めた。あの義父ならやりかねないと危惧したからだ。

「そうだ！　大学病院に僕の高校時代の同級生がいるから、電話しておくよ。仲良くしていた仲間の一人で、頼み易いから……」

「そう。なんていう人なの？」

「道野正彦という、真面目で優秀な奴だよ」

「真面目じゃない人の方がいいわ。殺してって頼めるから」

蓉子の口調は不機嫌そのもので、かなりなげやりであった。

「彼はそんなことはしないよ。それに、いくら仲良くてもそんなことは頼めないよ」

「本当に、殺してくれないかしら。医者なら証拠も残さずに完全犯罪が可能じゃないの？」

「まあまあ、そんな物騒なことは言わないで。困ったお袋さんだな。じゃ、これから親父さんのところへ行ってくるから」

そう言って、博司が部屋を出て行こうとするところを蓉子が呼び止めた。

「ちょっと待って！　さっき、親子関係が証明されればって言ったわよね」

「うん」

「だったら、親子関係が証明されなければいいじゃないの？」

「そんなことは無理だよ」

義母の表情が急に真剣そのものになった。

「無理じゃないわ！　娘がきても会わせないようにすればどうかしら？」

「それだって無理だよ」

「どうして？　電話と手紙を封じれば簡単じゃない？」

博司には応えようがなく、反論できなかった。

「幸い、大学病院は携帯禁止でしょう？　電話に直接出なかったらこっちのものよ。交換手には電話を取り継がないように言って。もし会社の受付に直接訪ねてきたら、今は不在でどこにいるか言えないと断ってもらうのよ。私用でも公用でも、まずあなたのところを通すようにすればきっと上手くいくわよ。実際、あの人はいないのだから。手紙もあなたのところに届けるように命令して、全部チェックするのよ。そうすればなんとかなるわよ」

「そんなことできるかな。黒田さんもいるし」

「順さんが京都で子供を捜してきたら諦めなければならないけれど、捜せなかった場合もあるかもしれないでしょう。内緒で手配すれば絶対に大丈夫よ。彼だって電話が無ければ分からないし、訪問客を一々チェックする訳にはいかないじゃない？」

「きっと問題が起きるよ」

「これから二、三ヶ月くらいの間だけよ。そうすれば、問題は自然に解決するはずだわ。そのくらい経てば、あの人は必ず意識が混濁して死ぬって、かかりつけの宮本先生がおっしゃっていたじゃない。バレたらバレたところでまた考えましょう」

「うん、確かに……」

「あの人ったら、死ぬと言われても平然としていたのよ。本当に無神経なのだから。今まで好き勝手なことをしてきたのだから、もう入院なんかせずに、血を吐いて死ねばいいのよ。隠し子の話が降って湧いたら、急に命が惜しくなったりして、本当に迷惑な話だわ」

以前は夫に〈身体を大事にするように、少しでも長生きして欲しい〉と願っていたことなどはすっかり忘れて喋っている。

「とにかく今は状況をよく見て、落ち着いているしかないよ。物騒な話はしないように」

博司は諭すように話した。

5

中島泰治は白州川観光ホテルの最上階にある会長室で待っていた。黒田が京都に出発した直後であった。

声を掛けるまで泰治は会長専用の大きな椅子に腰を下ろし、窓の外を眺めていた。そこから見渡せる白州川と白石山系はいつ見ても雄大で美しい。

泰治は座っていた椅子をくるりと回転させ、博司の姿を確認すると中央にあるソファーの方に移動した。その時、足元が少しふらついた。

博司が慌てて左腕を支えると、会長は曖昧な声を出した。泰治は大丈夫ではない状態であることを充分自覚していたが、駄目だとも言いたくない心境のようであった。顔だけでなく唇までもがどす黒くなり、眼球結膜は黄疸でひどく濁っている。

博司は心の底から心配していた。

「うーん、後、少し頑張らなくては……」

「親父さん、少しだなんて弱気なこと言わないで、もっと頑張って長生きしてもらわなくては困りますよ」

「いや、それは無理だ。自分のことは自分が一番良く知っている」

いつもの台詞で応える。そう言われると博司にはどうしようもなく、言葉に詰まってしまうのが常であった。

泰治はソファーに腰掛けると、博司にも座るように顎をしゃくった。

座るとすぐに、「お前に頼みがある」と切り出した。〈君〉ではなく〈お前〉と呼ばれたことで、泰治の機嫌が悪いのをいち早く察知し、注意すべく身構えた。

「前に話したわしの子供からまだ連絡がこないんだ。お前のところにもきてないか？」

「ありませんが、僕の電話番号を知らせてあるのですか？」

「お前にじゃない！　会社に連絡があったかどうかを聞いているんだ！」

博司は努めて優しく応えたつもりであったが、ややぶっきらぼう気味だったのが悪かった。泰治は突然声を荒げ、怒り出してしまった。博司は驚いて声も出ない。

「お前のそのなげやりな返事はなんだ！」

「すみません」

博司は謝るよりなかった。しかし、謝っても頭を深くさげなかったのが拙かった。

「お前もわしの財産が娘のところに行くのを気にしているのか！」

「いえ、そんなことは決してありません。絶対に！」

少し語気を強くしたが、それも気に障ってしまったようだ。

「嘘を言うな！　嘘を！」

「僕は嘘なんて言いませんよ」

「いや、嘘に違いない。あれだって同じだ！　近頃のあの態度はなんだ！」

泰治は半ば喧嘩腰になってテーブルを両手で激しく叩いた。その衝撃で灰皿がテーブルから滑り落ちて転がった。それでも博司は反論した。

「それは誤解じゃないですか？」

「誤解じゃない！」

「親父さん！」

「親父さんなんて、気安く呼ぶな！」

怒鳴られ、博司は急に虚しさを感じた。最早言うべき言葉が見付からない。それだけではない。どうして泰治が怒り出したのかすら理解できず、頭が混乱していた。

泰治も同じように黙り込んだ。怒りのせいなのか身体が震えている。今はまだ見ぬ娘のことしか眼中に無いのだ。泰治は普段は冷静沈着な男であったが、東郷雪乃からなんの連絡も無いことと、自分の病による急激な体調不良を強く実感して焦っていた。その焦りがストレスとなり、ストレスがさらなる体調不良に結び付くという悪循環をもたらしていたため、正常な判断ができる状態ではなくなっていた。

だが、博司にはそんなことは理解できなかった。せいぜいできるのは話題を変えて義父を落ち着かせようという試みだけであった。

「すみません。深く反省しています。娘さんの件は必ず僕がきちんとします。とにかく、今は身体を大切にしなくてはなりません。入院することになっている大学病院の第三内科には高校時代の同級生で道野正彦というのがいますので、その人に電話で頼んでおきましたから、安心してください」

博司は一気に喋った。義父は呻き声だけで、返事にはなっていなかったが、言ったことは納得してくれたようなので、少しだけ安心した。

だが、次の義父の言葉にまた惑わされてしまった。

「今夜、弁護士に会う。それで、入院前に遺言を書き直そうと思っている」

唐突に独り言のように言われ、博司はなにも言えなかった。また怒らせると、今度こそ取り返しのつかない事態になると思ったのだ。

「ゆ、雪乃の子供がわしの子供かどうかまだ分からんが、必ず探し出して事実関係を調べるつもりだ。も、もし、本当にわしの子供だと証明されたら、それなりにきちんとしてやらなくてはならないから……」

泰治は呻くように言った。〈それまではなんとしてでも生きていなければ〉と続けたいのだろうと察したが、声にならない。それで、「そうですね」と簡単に返事をした。しかし、その返答の仕方が気にいらなかったらしく、再び怒り出してしまった。

「お前はわしの気持ちが分からんのか！　そんなことでわしの後継者と言えるか！」

酷く激しく怒鳴ったので、最早、博司にはまったく手に負えなくなってしまった。泰治も怒りが頂点に達した。

「もう、いい！　お前達がそんな気なら、わしにも考えがある！」

博司には義父がどうしてそんなことを言い出したのか理解できなかった。義母の蓉子が以前、

「あの人は日に日に気がおかしくなって、言うことが段々酷くなっているわ。わたしには到底理解できないけれど、子供の存在ってすごいのね。それに病気が病気を呼ぶのかしら、悲しいわ」

と嘆いていたことを思い出した。

呼吸が荒くなり、肩で息をするようになっていたが、博司は人を呼んで良いものかどうか迷っていると、ふいに怒鳴るように言われた。

「順さんを呼べ！」

「黒田さんは京都じゃありませんか？　本当に大丈夫ですか？」

「うるさい！　そんなことは分かっとる！」

義父が博司の差し出した手を払い退けようとした瞬間、突然、苦しそうに胸を押さえながら床に倒れ込んでしまった。

「うぅぅ…、み、宮本先生を呼んでくれ……」

呻きにも似た声である。博司は慌ててフロントに電話し、すぐ医者を呼ぶように指示した。かかりつけ医の宮本剛がくるまで博司は義父の背中を優しく撫でながら待っていた。

宮本が看護師を連れてやってくると、色々な指示が出され、注射や投薬もなされたようだが、博司にはなにも耳に入らなかったし、目にも入らなかった。

「む、娘には、財産の半分以上を……譲るから、そのつもりで……」

博司が混乱したのは、医者が到着する寸前に義父から途切れ途切れに言われたこの台詞のせいであった。義父の頭が変になってしまったのだと思い、全身の力が抜けてしまった。

しばらくして、義父の容態は安定したが、彼は自宅に戻る気力さえ失い、そのまま車で川上に向かい、人影の無い川原に乗り入れた。川面は夕日が射して美しく輝いていたが、どんな光景も今の彼の目には虚ろに見えた。

ハンドルを握り締め、じっと前を睨んでいると様々なことが脳裏に去来した。言い知れぬ不安が胸の奥から次から次へと湧き上がってくる。突然現われた隠し子に遺産の半分以上も渡されたら、自分の未来はどうなる。そんなことは許されるはずがないと思った。

一度は冗談ではないかと考えたが、それはすぐに否定された。逆に、言ったことは必ず実行しようとする義父の性格をいやというほど知っていたので、絶対に冗談ではないと確信するのであった。

どのくらいの時間が過ぎたのだろう。博司は今まで経験したことのない哀しみに抱かれている自分に気付き、ふと我に返った。いつの間にか、周囲は真っ暗闇となっている。

そして、結論は突然のようにやってきた。大切にしなくてはならない自分の未来の夢は絶対に自分で守らなくてはならないという結論に達したのだ。

翌日、義母は朝早くから博司の家にやってきた。

彼女は挨拶もせずに、昨日はどんな話をしたのか、といきなり本題を突いてきた。

博司は特別なことは無かったと嘘をつき、話題を変えようと義父の具合を尋ねた。彼女は白けた顔で、「調子はいいみたいよ。十時になったら大学病院に行くわ」と言った。

彼は義父が財産の半分以上を譲ると言ったことをわざと伏せた。すると、彼女が昨夜顧問弁護士の樽見から電話があったと言い出した。

「昨日、あの人と会う約束があったのに、連絡がこないけれど、どうかしたかって問い合わせがあったのよ。あの人ったら、なにを相談するつもりだったのかしら？　わたしは遺言を書き換えようとしていると睨んでいるのだけれど……」

「そうかも知れないね」

博司はとぼけて当たり障りのない返事をした。

一晩中考えた結果、これからは全部自分一人で責任を取れるように行動しようと、秘かに決心していた。色々計画したが、義母にはなにも言わないことにしたのだ。

そうとは知らない蓉子は博司に同意を求めた。

「絶対そうよ。具合が悪くなって会うことができなかったことは好都合だったわね」

だが、彼が黙ったままで、気が乗らない態度を見て念を押すように追加した。

「博司さん、しっかりしてちょうだい！　これはあたしだけの問題じゃなく、あなたの問題でもあるのよ！　分かっているの？」

「うん、そうだね」

暖簾《のれん》に腕押しで、蓉子はとうとう諦めて部屋を出て行ってしまった。博司の妻・玲子《れいこ》は義母の帰る気配を察し、慌てて玄関口まで走ってきたが、「玲子さん、早く子供を作らなければ駄目ですよ！」とだけ言い残し、さっさと出て行った。

蓉子は心の底から玲子のことを思ってそう言ったのだが、彼女には嫌味にしか聞こえなかった。

心のどこかでは義母の気持ちを理解していたが、結婚して三年経ってもできないものはできないのだから、そのことには触れて欲しくないと強く思っていたのである。自分が一番子供を欲しいと願っているだけに、他人から言われれば言われるほどストレスになってしまっていた。

夫は昨夜からなにか深刻な様子で不機嫌であり、義母からは嫌味を言われ、玲子は寂しい思いを抱きながら、一口も飲まれていないコーヒーを片付けた。その際、夫の横顔をちらりと見たが無視され、なにも言えなかった。

博司は妻の気持ちを理解していたが、なにも言えなかった。彼女の背中に向かい、〈きっと、お前を守ってやるからな〉と心の中でそっとつぶやくだけであった。

義母が帰ると、博司は昨夜想定した通り、道野正彦に電話で会う約束をした。その後、真っ直ぐホテルに向かった。到着するとすぐに秘書の河合房子を呼び、関係する従業員全員を会議室に集めさせた。

仕事中にこんな風に集められたのは初めてであったため、皆何事かとざわめいている。

秘書が大声で静かにするように注意した。

「皆さんにはお忙しいところを申し訳ありませんが、会長のことで緊急にお伝えしたいことがあります。すでにご存じの方もいらっしゃるかと思いますが、本日より会長が病気療養のため留守になります。つきましては、その間私が代行いたしますのでご了承ください」

全員頷きながらも怪訝《けげん》そうな表情を浮かべた。そのことはすでに全員に伝達されていたからである。

「これからは会長の療養の件に関しましては、部外秘扱いにしていただきます。どなたも絶対に触れないようにしてください。絶対にです。なるべく私用の連絡はお断わりし、どうしてもとご希望されるお客様には、私に直接通すようにしてください。これは会長のためですので、くれぐれもよろしくお願いいたします。なお、ここにみえない方には同僚の方が責任を持って伝えてください」

全員が、「はい」と声を揃えた。

秘書が質問は無いか尋ねると、一人の女性が手を上げた。

「あのぅ、黒田さんから依頼されている件はどういたしましょうか?」

「どのようなことですか?」

「受付と交換手が依頼されている件なのですが、東郷雪乃というお客様から連絡がありましたら、すぐに報告するように指示されていますが……」

手に持ったメモを見ながら発言した。そのことをどのように切り出そうかと悩んでいた博司は、内心〈待ってました〉と思った。

「大学病院は携帯電話が禁止されていますので、連絡が取れません。秘書の黒田さんには会長のことだけに専念していただきたいと思っていますので、今も言いましたように、その東郷という方だけでなく、会長に連絡したいと言われる方は全員、私の方に取り次ぐようにしてください。もし、私が不在でも、メモにして秘書の河合君に渡してくれればそれで結構です。河合君、それでいいですね」

秘書の方を向いて念を押した。彼女は、「はい」としっかり返事をした。

「それから、どんなことでも黒田さんに連絡することは控えてください。分かりましたか?」

最後の〈分かりましたか〉に、つい力が入ってしまった。

全員が解散した後、彼はこんなことでとりあえずの目的である〈東郷雪乃の娘から義父を引き離すこと〉ができるのかどうか不安であったが、とにかくやれるだけのことはやるんだと自分自身に強く言い聞かせた。

博司の計画の要点は二つあった。その一つは遺言を書き換えさせないことであり、もう一つは義父と娘を会わせないようにするということであった。

彼は後者より前者に重きをおいていた。そのためには義父の病気治療の邪魔をしなくてはならない。時間さえ稼げれば、義父は肝障害で知力が低下して遺言の書き換えはおろか、親子の対面だって不可能になると考えたのだ。

顧問弁護士の樽見が買収に応じるとはとても思えない。それなら、主治医の道野正彦に義父を面会謝絶にしてもらい、誰とも会えないようにするしか方法は無いと考えた。

仮に、遺言が書き換えられるようなことがあっても、親子関係さえ証明されなければ良いので、それだけは絶対に調べさせないと決意していた。ここまでは義母の考えと同じであったが、もし実際に親子関係が証明されたら、秘密裡に一時金で示談にしようという計画を立てていた。

第三章　悪魔の囁き

1

義父が大学病院に入院した日、中島博司は道野正彦に話があるから一緒に食事でもどうかと誘った。道野は忙しいからと言って断ろうとしたが、結局、夜八時に喫茶『エトワール』でということになった。

店で落ち合うとすぐ、博司は道野に義父の入院がスムーズにいったことの礼を述べた。

「助かったよ。なにしろ親父は超の字が付く頑固者だから、個室でないと、きっと皆に迷惑を掛けてしまうから。それに、今日の君は堂々としていて格好良かったな」

「そんなお世辞はいらないよ」

「事実だよ。医者は傍から見るといいことばかりのようだな」

「そんなたいしたことはないよ。それに比べ、君は白州川観光グループの次期会長という輝かしい未来が約束されているのだろう？　羨ましい限りだね」

道野は博司のことが同級生の間で評判になっていることを知っていて、喜ぶと思い、軽い口調でそう言ったのだが、予想に反して厳しい顔で否定されたので驚いてしまった。

「すまん。きっと誰でも他人に言えないことって、結構あると思う」

道野は自戒して独り言のようにつぶやいた。

「すまん。僕が悪かった」

博司はあっさり謝った。

「〈人に告げたき話あり〉か……」

「なに？　それ」

「うーん。僕は〈耐えれば花〉をモットーに暮らしているんだ。言いたいことがあっても我慢してさ」

「ますます、分からんな。それは世阿弥の〈秘すれば花〉の間違いじゃないのか？」

「うぅん。間違いじゃないけれど……、〈人に告げたき話あり〉は僕の友人の俳句からのパクリだし、〈耐えれば花〉は僕の単なる造語だから気にしないでくれ」

「おい、おい、君は勉強をし過ぎて、頭が変になったんじゃないか？」

そう言われ、道野はニヤリとした。

そして話題を変え、泰治の病状について話した。

「今日診たけれど、大分重症だと思う……」

道野は眉間にしわを寄せ、眼鏡の位置を直した。

「それは分かっている。それで、どのくらいだ？」

「うーん。長くもっても今年一杯かな。検査しないと、まだはっきりとしたことは言えないけれど、いつ亡くなるか分からんので、覚悟をしていて欲しい」

道野の表情は硬くて暗かった。

「うん、親父のかかりつけ医からも同じようなことを言われているから、覚悟はしているよ」

「ならいいけど、泰治さんも博司君もこれから大変だな」

博司はそこで考えていた計画を道野に相談することにした。

「ちょっと聞くけど、どう考えても死んだ方がいいような患者でも、医者は必死に助けたりするのか？」

「それはそうさ。当然、医者は生命を助ける努力をするよ。確かに、大学病院ではなにもしないで、そのまま死なせてあげた方が幸せだと思われるような患者に対しても、長生きさせようと努力しているからな。けど、それを疑問に感じながら治療している医者は結構大勢いると思うよ。かく言う僕もその内の一人さ」

「そうか……」

「少しでも長生きさせることが患者のためだけじゃなく、医学の進歩と医師の教育に繋がると信じられているからだよ」

博司が黙っているのを、道野は余所事《よそごと》を考えていると判断した。そこで、博司の声がなんとなくくぐもっていることに気付き、話があると言っていたことを思い出した。

ところが、博司に尋ねても、なにか迷っているようで、なかなか話さない。しかも、「ここではちょっと言い難い」とまで言った。

「言えよ。僕達には守秘義務があるから、言っても安心だと思いなよ」

道野は周囲を見渡し、傍に他の客がいないことを確認して声を落とした。

「うーん、道野君、君だから信用して打ち明けるのだけど、このことは絶対に秘密にすると約束してくれ」

「あぁ」

「実は、親父のことなんだが……。今日、少しでも長生きさせてくれと言ったけれど、あれは建前なんだ。本当は親父を長生きさせて欲しくないんだ。そんなことできるかな？」

博司の声ははかなり小さくなっている。

道野は彼がなにを言いたいのか、理解できない。

「具体的に言ってくれなくちゃ、君がなにを希望しているのかよく分からないよ」

道野は言葉を濁している博司の真意を測りかねていた。博司は直接的な返事はせず、視線を逸らし、机の一角を見詰めている。

「もしかして、お父さんが苦しまないように、延命治療をして欲しくないという意味でならかまわないよ。もっとも、それには患者本人と家族の同意が必要だけどね」

「今の親父はそんなことを了承するはずがない！」

「今の？　今のって、なにかあるのか？」

「昔ならともかく、今は色々深い事情があって……」

「そうか。確かに、君のお父さんはできるだけ長生きがしたくなったから大学病院にきたと言っていたからな」

「うん。最近の親父は病気が悪化したせいか、正常な判断ができないことがたまにあって、困っているんだ。それで、まず、面会謝絶にしてもらって、誰とも会わないじゃなくて、絶対に会えないようにして欲しいんだ」

「なんだ。それならもう指示しておいたよ。でも、絶対にというのは無理だよ。患者本人が協力してくれなくてはね」

「そこを君になんとかして欲しいんだ。誰かに騙されて、変な契約でもされたら困るんだ」

博司は手に力を込めて喋った。

しかし、道野には〈できるだけ〉としか応えられない。

「例えば、薬を飲ませてぐったりさせて、誰とも会えないようにはできないのかな？　君ならできるだろう？」

「そんなことはできてもやらないよ。そんなことしたら大問題になってしまうからな」

「そこを承知で頼みたいんだ。なんとか頼む。この通りだ」

博司は頭をさげ両手を合わせた。あまりの必死さに道野は少し驚いたが、了承できるはずもなかった。道野が返事を渋っていると、博司はそのまま沈黙してしまった。

その態度に、なにか特別な事情がありそうだと道野は考えたが、なにも言わなかった。

博司は、真実を告げて協力を得るべきかどうか、その時点ではまだ決めかねていたのだ。

それでも、やがて決心し、博司は一呼吸してから、義父の隠し子の件を説明した。

「そのせいで、なんとかならないかと悩んだあげく、君に頼むしかないと考えたんだ。なんとかならないだろうか？」

博司は懇願するような目で道野に頼んだ。

道野はびっくりしてしまい、すぐには返事ができない。

結局、道野はそういう内輪のことには関わりたくないと言って断った。更に、お金を出すとまで言われたが、まったく聞く耳を持たなかった。

道野は、でき得る範囲内で協力するということでやっと納得させた。

博司にとっては生きるか死ぬかの問題であっても、自分にはそれほどたいした問題ではないと思い、道野は淡々と喋った。

それでも、博司はなかなか諦め切れなかったようだが、最後は諦めざるを得なかった。

しかし、博司の苦悩は道野の胸に深く突き刺さった。

2

その日、道野正彦が帰宅すると、妻の友美が玄関に座っていた。座っているというよりもへたり込んでいる。

寸前まで泣いていたことが歴然としており、しかも、妻の右手に白い包帯が巻かれ、少し血が滲んでいるのが目に入った。自分も息子に全身を引っかかれたり、嚙み付かれたりして、日々生傷が絶えなかったので、傷の原因を聞くようなことはしなかった。

彼女はふらふらっと立ち上がり抱き付いてきた。道野は〈またか…〉と声にならない声で呻いたが、黙って抱き寄せるしかなかった。

彼は妻の右手を見詰めながら、そっと、具合を尋ねたが、彼女はなにも応えず、胸に顔を埋めたままであった。

友美はしばらくすると幾分か落ち着きを取り戻したようだ。

手の具合を尋ねると、彼女は顔を歪めながらも僅かに微笑み、包帯の巻かれている右手を差し出して見せ、大丈夫よと小さな声で言った。

そのまま着替えもせずに隣の居間を覗くと、ソファーに息子がお気に入りのタオルケットを抱きながらすやすやと眠っている。

「これから、どうしたらいいのかなぁ」

正彦は歎息《たんそく》するように思わずつぶやいてしまった。

「わたし、もう駄目。あの子にどう接したらいいのか分からなくなってしまって、愛し方も叱り方も……」

友美は夫の背中に再びしがみ付いた。このようなことはいつものことであり、妻の好きなようにさせ、落ち着くのを待つしかなかった。

やがて、離れ際に、謝ろうとする妻の言葉を遮って言った。

「君が悪いんじゃないよ。悪いと言うのなら、僕だって悪いのだから。いつも言っているように、これは僕達のどちらかが悪いという問題じゃないよ。神様がなにを考えてこの子を授けてくれたのかは分からないけれど、この世に命を受けた意味がきっとあるはずだよ。だから、もうちょっと二人で頑張ってみようよ。な、友美！」

この言葉を聞き、彼女はうなだれてしまい、涙が止まらなくなってしまった。

「もう、泣かないで。ところで、晩飯は食べたの？」

友美の両肩を僅かに揺すったが、彼女は返事をせず、頭を左右に振っただけだった。

「食べないとますます元気が無くなるから、頑張って食べなさい」

医者が患者を諭すような言葉遣いで言った。彼女は頷《うなず》いたが、食欲が湧いてくるはずもなかった。

正彦は妻の感情の起伏の激しさに戸惑いながらも、日々その治療方法を模索していた。

妻を育児ノイローゼによる不安神経症と軽い鬱《うつ》状態と診断していた。不眠の訴えにはなるべく精神安定剤や睡眠薬の使用は控え、アルコールの飲用も控えるように指示していた。現状のままでは薬やアルコールの依存症に陥ってしまう可能性が高いと判断し、そうなれば育児どころではなく、家庭が崩壊してしまうことを危惧していたのである。

治療にはでき得る限り妻と一緒にいて、育児の手伝いをすることが大切だと考えていたが、大学病院に勤めていてはとても無理であり、苦悩は日に日に増すばかりであった。

看護師である友美も夫の言うことを理解し、指示に従うように努力していたが、最近では育児に疲れ果て、限界に近い精神状態に陥ってしまっていた。

やがて遅い夕食の仕度ができると、正彦は妻のグラスにビールを注ぎ、一緒に呑むように勧めた。

「じゃ、乾杯といくか。乾杯することがなにも無いけれどな。いや、一つある。きっとあるはずの僕らの未来のために、乾杯！」

彼はふと、前にも同じようなことを言って乾杯したことがあったなと思った。

「乾杯！」

グラスを持ち上げる彼女の声は小さかった。

「もっと大きな声で！」

「でも、本当にわたし達に乾杯できるような未来があるのかしら……？」

自分がいつも嘆いているのと同じ台詞を言われたので、少なからず驚いた。

「あるよ。僕が作ってみせる！」

不安を打ち消すように、自分自身に言い聞かせるように力強く言った。


その夜、正彦はなかなか寝付けなかった。妻に乾杯できるような未来を作ってやると約束したものの、その展望がまったく見えてこない。開業して家族と一緒にいることが最善だとは思うのだが、現状ではそれすら難しい。

銀行へ融資の相談に行った時のことを思い出すと、怒りと惨めさで身体が震えてしまう。

応対した銀行員は初めの態度こそ丁寧であったが、収入が少なく資産も資金も無いことを知ると、途端に無愛想になり、担保か保証人が無ければとあっさり拒否されてしまった。

心の中で、担保や保証人があれば、誰が金なんか借りるかと強がってはみたものの、負け犬の遠吠えに過ぎないことを自覚せざるを得ない。それでも、ついそう言いたくなってしまう己の無力さを、否応無しに感じずにはいられなかった。

開業以外の道も探ったが、なにも浮かばず、気持ちはいたずらに焦るばかりであった。

明け方、中島博司の夢を見てうなされ、目が覚めてしまった。彼が悪魔に変身し、〈義父を殺してくれ、どうせ長くはない命じゃないか。金ならいくらでもやるから。それでお前の未来を手に入れろ〉と、耳元で囁いた。

はっとして布団から起き上がった。全身にびっしょり汗をかいていた。それは確かに〈悪魔の囁き〉であった。こんな夢を見るのは博司の言った台詞が頭のどこかに残っていたからに違いないと思った。そして、そんな自分を情けなく感じたが、そういう方法もあるのかと、頭の片隅でちらりと考えていた。

脳裏に息子の友彦と、妻の友美の顔が交互に浮かんでは消えた。


中島博司は道野と別れてから、そのまま白州川観光ホテルにある自分の部屋に向かった。すでに夜の十時半を回っていた。その日は一日中外出していたので、なにか連絡事項でも無かったかと単純に考えて立ち寄ったのだ。デスクに置かれていた一枚のメモ用紙を見てふいに脈拍が速くなるのを禁じ得なかった。

そこには、〈本日、午後二時半に東郷雪乃様から御電話があり、会長に連絡を取りたいとのことでしたが、御指示通り、会長は不在で私用の取次ぎはできない旨をお伝えいたしました〉と書かれていたのだ。

予期していたことではあったが、慌てて秘書の河合房子に電話を入れ、すぐに尋ねたが、彼女はメモに書かれている以上のことはなにも知らないと言い、詳しいことは交換手の宇佐美《うさみ》に聞いてくれと言われてしまった。

それにしてもタイミングが良かったと思いながら、明日、交換手に尋ねようと考えた。

丁度その頃、入院した中島泰治の病室へ秘書の黒田順一が入って行った。大学病院の面会時間は午後八時までと決められており、しかも、泰治の部屋のドアには面会謝絶の札が掛けられていたが、彼はそれを無視した。

黒田の姿を見ると、泰治はベッドから起き上がり、いきなり大声で尋ねた。

「どうした？　何故見付けられなかったんだ？」

語気が厳しい。泰治のいる特別室は二重のドアになっている上に壁も厚いので、少々の大声を出しても他人の迷惑になることは無い。京都に一泊して娘を探しに行っていた黒田から事前に電話で、探せなかったとの報告を受けていたので、イライラしながら彼の帰りを待っていたのである。

黒田は内ポケットから手帳を取り出し、それを見ながら説明を始めた。

「まず、手紙に書かれていた京都の住所に行きました。家はすぐに見付かりましたが、すでに引っ越した後でした。借家でしたので、大家に直接会って聞きましたが、どこへ行ったのか知らないとのことでした。隣近所に住んでおられる方達にも聞いてみましたが、やはり誰も知らないとのことです。昼間は留守の家が多く、夜まで待っていましたので、それで時間が掛ってしまい、申し訳ありません」

「そんな時間のことはいい！」

泰治はますますイライラしている。

「はい、それが……、お二人はなにも言わずに引き払ったようです。それと、奈良に母親の親しい友人が住んでいると聞きまして、その方にも電話してみました」

「で？」

「その方に尋ねましたら、引っ越し先の住所が決まったら、手紙で知らせると言っていたそうですが、まだ、なんの連絡も無いそうです」

泰治はガッカリして舌打ちしたが、秘書はそれを無視した。

「もういい！　わしは寝る。ご苦労さん！」

言うなり、泰治は布団に潜ってしまった。

この時、泰治と黒田の二人は大変なミスを犯していた。それは東郷雪乃の苗字が結婚して尾上に変わっていたことを、黒田はわざわざ説明する必要は無いと思ってしまい、泰治はその事実に気付かなかったことである。黒田は当然知っているものと勘違いし、泰治は彼女が旧姓のままだと錯覚してしまっていた。彼女の手紙には東郷雪乃とあり、尾上とは一字も書かれていなかったから、それを知る術が無かったのだ。

泰治は布団に潜ったものの、そのまま寝付けるはずもなかった。懸命に記憶の糸を辿ることしかできなかった。様々なことが脳裏に浮かんでは消えた。

雪乃との想い出は夢のような一瞬であった。蓉子と政略結婚した後に、初めて経験した純愛であった。それは忘れようとしても決して忘れることのできない想い出であり、それだけが一生の宝物だとさえ思っていた。当時、すべてを投げ捨てて妻と離婚するべきであったのに、しなかったという後悔に何度も苛《さいな》まれていた。だからこそ余計に彼女と子供のことが気掛かりで、錯乱しそうになってしまうのであった。

しかし、時の流れは残酷である。今の自分の身に起こっている状況下では、彼女らにしてやれることは限られている。もしかしたら間に合わないかも知れないのだ。あまりにもタイミングが悪い。死期の迫っている自分には遅過ぎたと思うと、余計に気持ちは焦るばかりであった。

そっと目を閉じると、今では朧《おぼろ》となった東郷雪乃の、その名のままの白い肌が蘇り、黒く澄んだ瞳が、自分をじっと見詰めているのが瞼に浮かぶ。徐々に自己嫌悪が増し、闇雲に大声で叫びたくなった。しかし、そんなこともできず、ただ呻いているしかなかった。

中島泰治が愛岐大学附属病院に入院した週に開かれた症例検討会では、彼の病状はどんな治療も無駄に終わる可能性が高く、予後も極めて不良であると結論付けられた。

検討会の後、道野正彦は向後の治療方針と経過予測について説明するために、特別室に向かった。そこには妻の蓉子、息子の博司、秘書の黒田の他に見知らぬ見舞客が数人いた。すぐに説明に入る。

「病気と予後については、入院した日に皆さんに説明してありますので、今日はこれから施行する治療の内容とその効果について説明したいと思います。途中でも結構ですから、質問があればすぐに言ってください。このような病気の場合、患者さんの目の前で説明することはほとんどありませんが、ご本人の希望もありまして、例外的にここで説明させていただきます。それでよろしいですね？」

彼が同意を求めると、泰治は黙って頷いた。

「これからの治療は患者さんのご希望通り、延命効果を期待して行なわれるものですが、残念ながら、どれも効果的であるとは言い切れないのが実情です」

「それは分かっている。できる範囲内で頑張ってもらえれば、それでいいから」

泰治が応えると、全員が同じように軽く頷いた。

「はい。ご希望はきちんと了解しておりますので、できる限りの治療はしますが……」

そこでふいに泰治が言った。

「治療の説明なんかいらん。すべて先生に任せるから、よろしく頼む！」

「えっ？　そうですが、一応決まりですので」

「いらんものはいらん！　あっ、手術を受けるのだけはゴメンだからな」

「吐血した場合もですか？」

「その時はその時だ！」

「今から、その時にどうしたいのか、考えておいて欲しいのですが」

「それでも手術は受けんから、皆もそのつもりで……」

道野は全員が頷いたのを確認した。その際、博司の鋭い視線を感じたが、あえて気付かない振りをした。そして、言葉を続けようとしたが、誰かが、〈お願いします〉と言って頭をさげ、続けてほとんどの人が同じようにさげたので、説明できなくなってしまった。

蓉子だけは頭をさげなかったのを、素早く横目で見た。

「それから、これは大変申し上げ難いことですが、いくら頑張りましても治療には限界がありますので、その点をご理解ください。何分にも身体が衰弱しておられまして、心臓もかなり弱っていますので、突然心停止してしまうこともあり得ますので……」

病室内が一瞬重苦しい空気に包まれたが、泰治本人がすぐに了承したので、少しだけ安堵の空気が流れた。

ただ、博司と蓉子は別のことを考えていたようだ。道野が説明を終えて退室したところへ、博司が追ってきて呼び止めた。

彼に後で話がしたいと頼まれたが、すぐには返事をしなかった。それでも、眼鏡の中央を少し持ち上げしぶしぶと承諾し、三十分後に病院の玄関で会うことになった。

博司は真剣な表情であったが、道野はあまり気乗りがしていなかった。だが、心のどこかに秘かに、なにかを期待している自分がいることに気付いて身震いした。

道野がナースセンターに戻り、カルテを整理していると、上島がやってきた。道野の苦悩に気付いていなかった上島は彼をコーヒーに誘った。

道野は、先約があると断ったついでに聞いた。

「ごめんよ。ところで、佳菜子さんはどう?」

「うん、順調だよ」

上島は普通に応えたものの、心の奥で一抹の不安を抱えていることを内緒にしていた。その予感めいた不安はどこからくるのか、よく分かっていなかった。いつも、〈彼女は絶対に治る、絶対にカコと一緒になる〉と繰り返し思い込むようにしていた。胸が込み上げ、涙が溢れそうになるのを必死でこらえていたのだ。

「合併症は?」

気になっていたところを突かれ、また不安が過《よぎ》った。

「悪心《おしん》と脱毛が少し出ているけれど、思ったよりは軽いから、なんとかなると思う」

平静を装って応えた。

「そうか。化学療法とX線の両方だから、大変かと思ったけれど、それなら安心だな」

「まあな」

「君なら大丈夫だと思うが、注意はしなくちゃならないからな」

「うん、ちょっと悪性だからな」

上島は〈悪性だから〉と言った部分の声が少し擦《かす》れたのを自覚していたが、道野はそれに反応しなかった。

「まぁ、経過が良ければ、それが一番だから」

道野の声もくぐもっていた。上島は彼が顔も上げずに、パソコンを見ながら喋っているので、なんとなくおかしいと、そこで初めて感じて理由を尋ねた。

道野は、「なんでもない」と返事をしたものの、友人から指摘されるほど自分の態度に変化が出ていたことに、少なからず焦ってしまった。

無意識であったものの、先ほど中島泰治の家族に、〈突然心臓が停止してしまうことがある〉と説明したことを少し後悔していた。彼は博司の話が危険な一歩に繋がるかも知れないと感じていたにもかかわらず、それをあえて無視している己の脆《もろ》さに怯えていたのだ。

彼らはそれぞれ別の悩みを抱えていたのだが、その悩みの深さに関しては、お互いによく理解していなかったのである。悩みは大切な人への深い愛情からくるものであった。愛すれば愛するほど悩みは深くなってしまうというジレンマに陥っていたのだ。

3

博司は道野を車に乗せたものの、行き先までは考えていなかったが、当てもなく白州川の方に向かった。二人共無言であった。堤防を北へ走ると、川原に降りられる道があった。

そこはかなり広く、車が十台近く駐車しており、沢山の人がいた。博司は少し離れた人影の少ないところに車を止めた。

「道野君、君には本当に申し訳ないけれど、この前の話、なんとかならないだろうか？」

顔は苦渋に満ちている。

「あぁ、あの話ならきちんと断ったはずだよ。とても無理だから」

道野は無愛想に答えた。話があると聞いた時点でなんの話かすぐに察知したにもかかわらず、素知らぬ顔して付いてきてしまったことを反省すると同時に、そんな自分を嫌悪していた。

しかし、博司はそんな彼の心情をまったく理解しないまま続けた。

「実は……、君に報告しておきたいことができたんだ。以前話した親父の隠し子の件なんだけれど、その人から会社の方に電話があったんだ。なかなか現れないので、もうこないかと思っていたんだけれど……。丁度、親父が入院した午後にさ」

「ふーん、それで？」

「その時は連絡できないと断ったんだけど。またきっと電話してくるに違いないし、親父に会うようなことにでもなると大変だと思って焦っているんだ」

「大変なのは分かるけれど、それを僕に相談されても困るよ」

「そこをなんとかならないだろうか？」

「いくら頼まれてもどうしようもないよ。第一、僕にどうしろと言うのか分からないし」

道野は相手の希望がなんとなく分かっているにもかかわらず、知らない振りをした。

「なんとしてでも二人が会うのを阻止しなくては……。それには親父に犠牲になってもらうしか方法が思い付かないんだ」

「そんな……」

道野ははっきりとは否定しなかった。

「どう考えても、誰にも知られずにそれを実行できるのは君しかいないと思ってさ。それで、無理を承知で頼みたいんだ。なあ、頼むよ。お礼はある程度用意するから……。こんなことを言ってはなんだけれど、君だって、以前、子供のことで悩んでいてお金が必要だと言っていただろう？」

「そんな……、確かに、子供には金がかかるけれど、そんなことは相談していないよ」

「三千万円くらいなら、今すぐに用意できるから……」

道野はこの言葉を聞き、それまで心のどこかで混沌としていたなにかが急速に萎《な》えていくのを感じ、自分でもびっくりするほどすっきりとした気分になった。これで誘惑に負けず、犯罪に手を染めなくても済むと思って一安心したのである。無意識ではあったが、条件さえ折り合えば、犯罪に加担していたかも知れないという気持ちがどこかにあった。しかし、そんな金額ではまったく話にならないと思ったのだ。

だが、道野の心の葛藤を博司は読めていなかった。

「なぁ、君がさっき皆に説明していただろう？　親父はいつ心臓が止まってもおかしくない状態だって」

道野は思ってもみなかったところを突かれ、僅かに動揺した。

「うん、確かにそうは言ったけれど、それは事実を言ったまでで、僕が協力できるという意味ではないよ」

「ほんの少しだけ、親父の死を早めてもらう訳には……」

言い掛けた博司の言葉を、道野はぴしゃりと遮った。

「君のためにも、それ以上、なにも言わない方がいいよ」

「なんとかして欲しいのだけれど。君ならできるだろう？　どうしても駄目か？」

「駄目に決まっているじゃないか！　実際に医学的には可能でも、それは殺人だよ。そんなことできるはずがないよ。第一、僕には罪を犯す理由が無いからね」

道野の声は少し大きくなっている。

「報酬に問題があるのか？」

「そうとは言ってないけれど……、三千万円ぽっちで人を殺す奴なんて、まずいないと思うよ。そりゃぁ、よほど金に困っている人間なら別かも知れないけれど。医者ならそんなこと絶対にしないよ。話しても笑われるだけだよ」

だが、この台詞が悪かった。

「それは、金額の折り合いがつけば可能ということか？」

「そんな風に取られてしまうと困るよ。とにかく、僕は引き受けられないから」

「そうか、やっぱり、どうにもならないか……。ごめんよ。手間を取らせてしまって」

博司は呻くように言うと、無念そうにハンドルを握り締めた。その時は博司も自分がそれほど深刻な状況に置かれているとは思っていなかったので、それ以上粘るようなことはしなかった。

話が終わった時、博司の携帯が振動した。博司が電話に出ると、妻からで、義母が至急会いたいと言っていると告げられた。声が小さかったのは、近くに義母がいるからに違いない。三十分くらいしたら帰るから、それまで待つようにと伝えた。

「お袋さんが至急話があるそうだから、すまないけれど、このまま病院まで送るから。隠し子の発覚で、お袋さんまで気が変になったようで……、哀れなものさ」

博司は自嘲気味につぶやいたが、道野はなにも応えなかった。

ふと、前方を見ると、いつの間にか人影は無くなっている。陽はとうに落ちており、川辺には不気味なほどの静寂が訪れていた。


中島博司が家に到着すると、妻の玲子が玄関先で不安そうな表情を浮かべて待っており、無言でアタッシェケースを受け取った。

彼女は博司と義母の様子がなんとなく変だと感じているようであったが、なにも説明されていないので、明らかに訳が分からなくて戸惑った表情をしている。

「お母様、大分イライラしていらっしゃるようだから、上手にお話を聞いてあげてね」

彼は無言で軽く頷き、そのまま真っ直ぐ応接室に向かった。

ドアを開けると同時に、努めて明るい声で挨拶したが返事が無い。

蓉子は極めて不機嫌な顔をしており、目の前のソファーに座るように手で合図し、序《つい》でに、玲子に部屋から出て行くように促した。

玲子が指示に従い部屋を出て行くと、すぐに蓉子が切り出した。

「道野先生から説明を聞いた後、あの人がね」

玲子に聞かれないように義母は身を乗り出して小声で言った。

「どうしたの？」

「あなたが病室を出て行くとすぐに、黒田さんに明日の午後、顧問弁護士の樽見先生を呼ぶように頼んだの。わたしは面会謝絶の状態だから、今は治療に専念した方がいいと勧めたのだけれど、お前は黙っていろって言われ、なにも言えなかったのよ」

「それで、なんて言っていた？」

「あの人、わたしの目の前ではっきりと遺言を書き換えると言ったのよ。嫌味たらしかったわ。でも、わたしではどうしようもなくて、あなたに相談しにきたのよ。ねっ、本当にどうするの？このまま放っておくと、隠し子に遺産の半分以上取られてしまうわよ」

「えっ、半分以上も？」

「そうよ。確かにあの人はそう言ったのよ。わたし、驚いて腰が抜けそうだったわ」

蓉子は今にも泣き出しそうである。

その件に関しては、博司も前に泰治から直接聞いたことがあったが、義母にまで言ったとは知らなかったのでびっくりしてしまった。心のどこかで、それは単なる脅しに過ぎないと考えていたのだが、本心だったのだと思い、また深い哀しみに陥ってしまった。

蓉子はオロオロしている。

彼は、「どうしようもないし……、本当に困ったな」と、独り言のようにつぶやいた。

「幸い、まだあっちから連絡が無いからいいようなものだけど」

と言われ、彼はまだ義母に東郷雪乃から電話があったことを伝えていなかったことを思い出した。なんとか自分一人で解決しようとしていたからである。

しかし、なんとかしようにも、道野に断られてしまった今では、打つ手がまったく無くなってしまい、どうしたら良いのか迷うばかりであった。

「博司さん、しっかりして！　あなたがここでしっかりしなければ、すべてが終わりになってしまうのよ！」

「うん、分かっているよ。分かってはいるけれど、解決策が見付からないんだ」

この言葉に蓉子はなにも言えなくなってしまったようだ。

二人は同時に、氷の解けたアイスティを口に含んだ。

しばらく経ってから、天井を見上げながら蓉子が言った。

「やはり、あの人に死んでもらうしかないわ」

「でも、それは難しいよ。バレたら、遺産を相続できないだけでなく、すべてがパーになってしまうから」

自分の考えは伏せたまま応えた。

「そうね、主治医に言われたような、突然死を期待するしかないわね」

「そう簡単に僕らの思い通りにはいかないよ」

「あっ、そうだ！　道野先生に毒でも盛ってもらえないかしらね？」

蓉子から自分が秘かに考えていたのと同じことを提案され、彼はまた驚いてしまった。

「あの先生がやってくれれば、確かに完全犯罪になって、僕らも安全だろうけれど、無理だと思うな」

「そんなことは無いわよ。お金を積めばなんとかなるかも知れないじゃない。医者だって、お金には弱いはずよ」

蓉子が力を込めて言った瞬間、彼は道野が、〈三千万円ぽっちで人を殺す奴なんていないと思う〉と言った台詞を思い出した。

「そうか……」

「えっ、なにがそうかなの？」

博司はそれには応じず、道野の台詞の意味を考えた。無意識であっても、そう言ったのは、高額なら引き受ける可能性があることを示唆したのではないか、と思い直した。

やがて、考えれば考えるほど自分の解釈が正しいと確信を抱くようになった。確かに、道野の言った通り、三千万円では、たとえ相手が余命いくばくもない病人であっても、殺人というリスクを医者が犯すはずがない。

博司はなんとなく道野を口説けそうな気がしてきた。しかし、それにはまず金の工面をしなくてはならない。

だが、彼は道野を口説けるほどの金を持っていない上に、いくらぐらいが妥当かも考えられず、頭が混乱していた。

そこで、博司は義母にいくらぐらいまで出せるかを尋ねた。すると、すぐには無理だけれど、愛岐信用金庫に融資してもらえば、三億円まで用意でき、返済は義父の保険金を当てるから大丈夫だと言われた。内心で、それだけあれば道野を口説けるかもと思った。

「お金の力はすごいけれど、どこにどういう風に使えば有効かしらね？」

「まず、第一に考えられるのは、例えば、隠し子が親父さんに会う前にこちらがこっそり会って、いくらか支払って、それで解決するってことだけれど……」

「そうね、それはいい考えだけど、どうやって向こうと会うのよ。連絡も無いし、どこにいるのかさえも分からないのよ」

博司は電話があったことも、道野に相談したことも彼女に内緒にしていたので、それには返事ができない。

「もう一つ考えたのは、主治医の道野君に頼んでお金でなんとかしてもらえないかってことだけれど……」

「わたしはその方が現実的で、いいアイディアだと思うわ」

「じゃ、その線でなんとかしてみるか」

「お願いね。わたしではどうしようもないし、どうしたらいいのかも分からないから……」

「うん、分かった。でも、もしかしてバレたら、お袋さんはなにも知らなかったことにしなくてはならないから、そのつもりでいて！」

「バレるはずがないじゃない！　だって、本物の主治医がやるのだから絶対よ！　自分自身が危ないのだから、真剣に考えてするはずよ」

蓉子はきた時よりも厳しい表情になっている。

博司もさらに厳しい顔をし、窓外の暗闇の彼方をじっと見詰めたまま身じろぎもせずにいる。

いつの間にか義母に主導権を取られていることに、彼は気付いていなかった。

4

義母はその二日後の夕方にも家にきた。どうすれば主治医の道野正彦に泰治の殺しを依頼できるか、その作戦を秘かに練るためである。

「大学病院の医者の給料は安くて生活するのがやっとらしいし、道野君は開業して家族と一緒に暮らしたいと願っているようだけれど、銀行の融資は断わられたらしい」

「あら、それはいい情報だわ。そこに付け込むチャンスがあるじゃないの？」

「うーん、そうかも知れないけど……」

「けどなんて、しっかりして！　要するにあの先生はお金が必要ということだから、金額次第で絶対に頼めるはずよ！」

「だけど、彼は昔から極端に生真面目だったから、かなり難しい」

そう言って、博司は首を傾げた。

「でも、わたしの経験から言うと、生真面目な人間の方が口説き易いし、そんな人の方が後腐れがなくて安心なのよ」

蓉子はニヤリとした。

「そうかなあ……。でも、いくらぐらいを提示したらいいのかなあ」

「そうね、まずは一億でどうかしら？　それくらいあればちょっとした医院を開業する資金としては充分じゃない？」

「それだけでは少し不安だよ」

「もし、ぐずぐず言ったら、二億でも三億でもいいわよ。それはあなたに任せるわ」

そう言う彼女に博司は同意したものの、不安は隠し切れないでいた。

一方、道野正彦は中島博司の申し出を断わってから、すっきりした気分で過ごしていた。しかし、それは束の間に過ぎなかった。

その日、彼が玄関のドアを開け、「ただいま」と声を掛けたが、いつもあるべき妻の返事が無い。奥の方では息子の友彦の泣き声がしている。不安にかられ、急いで居間に入ると、ぐったりとしている妻と、その傍らで泣いている息子の姿が目に入った。

正彦は慌てて駆け寄り、妻の身体を揺さぶったが、返事はおろか意識さえ喪失している。すぐに閉じた目を指で開いて診ると、瞳孔は蛍光灯の光であるが正常に反応した。呼吸も脈拍も正常であった。それで少しホッとして友美を抱き抱え、彼女の頬を平手で軽く叩くと、一瞬だけ意識を取り戻した。

だが、「ごめんなさい……」と蚊の鳴くような声で謝ると、再び目を閉じてしまった。

「友美！　どうした？　しっかりしなくちゃ駄目だ！　おい！」

声を掛けても、やはり返事が無い。彼はすぐに睡眠剤中毒の状態だと判断した。残された薬のシートから、服用した数量が最大でも十錠程度であり、その薬理作用から胃洗浄や点滴などの特別な治療の必要は無く、このまま自宅で様子を見るだけで充分だと思った。

まず、深呼吸をして自分の気持ちを落ち着かせると、すぐに寝室に布団を敷き、妻を運んで寝かせた。自殺を図ったのは間違い無いと思ったが、遺書らしきものは見当たらず、咄嗟《とっさ》に思い付いたのだろうと推察した。

傍らでずっと泣き続けている息子を抱き寄せようとしたが、友彦は母親にしがみ付いて離れようとしない。

正彦は息子に食事をするように誘ったが、振り向きもしない。それでもなんとかしようと格闘している内に、正彦は右腕を酷《ひど》く噛まれ、傷を負ってしまった。

その時ふいに、自分も息子から傷付けられることはしばしばあったのに、妻の真の苦労を理解できていなかったことに気付いた。その上、彼女がいなければ、息子に食事すら与えられない自分の不甲斐無さに思わず震えた。

自分で傷の処置をしながら、暗澹《あんたん》たる気持ちに陥らざるを得なかった。

息子は疲れたのか、夕食も食べずに寝てしまった。彼もなにも食べず、朝方まで一睡もせずに妻の看病をしていた。夜中に何度も曇った眼鏡を拭いた。彼女らを必ず守ると約束したのになにもできない自分が本当に情けなかった。頭は冴えていたが、いくら考えても問題の解決策が出てくるはずもなかった。

僅かに解決策となるかも知れない、開業して親子が一緒に暮らすことも、資金の工面ができないことにはどうしようもない。

ふと、中島博司が言った三千万円の件も思い出したが、犯罪には手を染めたくないし、仮に、その金額が手に入ったとしても、今の自分にはほとんど無意味な金額に過ぎず、やはり問題の解決にはならないと思った。

それどころか誰の応援も頼めない状況下にあったので、朝になっても、まず今日をどうしたらいいのかすら考えられなかった。

友美の母親は県内の山奥に住んでいたが、病気がちであったので、とても手伝いにきてもらうという訳にはいかない。彼女が幼少の頃に両親は離婚し、ずっと母親と二人暮らしであった。高校を卒業すると、看護師になるために家を離れ、愛岐大学附属病院の看護大学で学び、卒業後、同じ職場の第三内科で正彦と恋に落ちて結婚していたのである。

正彦の両親は健在で、兄弟も二人居たが、友美との結婚を反対されてからは勘当同然の状態であった。しかも、結婚の件で揉めている際に、両親に友美と二人で立派にやって見せると大見得を切った手前、やはり頼りにする訳にはいかなかった。

友達は大勢いたが、医者や看護師ばかりであったので、仕事の関係上育児の応援はしてもらえそうになかった。

彼は自分一人で現在の状況を乗り切るしかなく、その日は大学病院を休まざるを得なくなってしまった。

友美の意識は診断していた通り、翌日の昼頃には戻った。

彼女は目を覚ますと、夫が自分を覗き込んでいるのに気付き、声にならない声で謝り、嗚咽《おえつ》を漏らした。

「大丈夫だよ、大丈夫。僕の方こそ、ごめんよ」

優しい声で慰めたものの、彼も急に鼻声になってしまった。

彼女は周囲を見渡して息子がいないのに気付いて、様子を尋ねた。

「隣の部屋で遊んでいるから、安心しなさい。今日はセンターに行く日だったかな？　ごめんよ。僕はそんなことも知らないでいたなんて、本当にごめん。これからはもっと協力するように頑張るから、こんな馬鹿な真似はもう二度としないように約束して」

妻の手を握り、涙で曇った眼鏡を外して、傍のテーブルの上に置きながら言った。

「あなたが謝ることはないわ。全部わたしが悪いのだから」

「いや、僕が至らないから」

「謝らないで。あなたはとても良くしてくれているわ。わたしの心が弱いからいけないの、許して……」

「君は良く頑張っているよ。でも、ちょっぴり頑張り過ぎたかな。僕も、もっと協力しなくちゃいけなかったね。ごめんよ」

妻の発作的な自殺の動機が、育児に一人では頑張り切れなかったからだと判断し、正彦は暗澹たる気持ちで謝った。

「そんなことはないわ。あなたの助けが無ければ、わたしは何もできなかったもの」

つぶやくように言い、彼女は起き上がろうとしたが、立ち上がった瞬間、眩暈《めまい》がして倒れそうになった。彼はそうなることを予想していたので、容易に彼女を両手で支えることができた。その時、息子の友彦が飛んできて、なにも言わずに母親にしがみ付いた。

友美は友彦にも、「ごめんね。弱いママで」と言った。その姿を見て、正彦はこのまま放っておいては家庭が崩壊すると強く感じた。

「もう大丈夫。これからお昼の仕度をするから。あら、その腕は?」

彼女は友彦を抱きながら、夫の右腕に包帯が巻かれているのに気付いて尋ねた。

「昨夜、噛まれたんだけど、たいしたことはないよ」

かなり深い傷であったが、妻に心配を掛けないように配慮し、あっさりと説明した。

「そう。友彦ちゃん、駄目よ。パパを傷付けちゃ」

息子の方を向いて言ったが、まったく反応が無い。

「もうしないよな」

正彦は息子の頭を撫でようとしたが、その手も無視されてしまった。妻と目を合わせたが、なにも言うことが無かった。息子のそんな反応に慣れてしまい、もうなにも感じず、哀しみさえもどこかへ去ってしまったような気さえしてくるのであった。ただ、虚しさだけが募ってしまう。

「あっ、そうそう。センターに連絡してくれた？」

思い直したように、友美が尋ねた。

「うん、友彦は休むって電話したよ」

「ありがとう。誰が電話に出たの？」

「そんなこと分からないよ。女の人だったけれど」

「お歳の方だったら、及部《およべ》先生かもね」

「院長先生が直接電話に出ることは無いのじゃないのか？」

「それがあるのよ」

「ふーん」

「あそこはね。去年、及部敏夫《としお》老先生が突然亡くなられたでしょう。それから経営が苦しいみたいで、人手も足りないの。もともと、ボランティア精神で始めたので、最初から苦しかったみたいなの」

「どこでも、金、金か……」

「そうね。お金が無いのは辛いわね。今は娘さんの及部秀子《ひでこ》先生が後を継いで頑張っているけれど、やはり厳しいみたい。それで、親達もバザーや募金活動をしているのよ」

声を詰まらせ、料理を作る手が止まってしまった。正彦は自分がなんとかすると言いたかったが、言葉が見付からない。

そのままじっとしていると、得体の知れないなにものかに追い詰められ、全身に冷汗が滲み出るのを禁じ得なかった。

「ごはん、まだあ?」

突然、息子が母親のスカートを引っ張った。

第四章　忍び寄るもの

1

その日は朝から蟬時雨が異常に激しかった。

午後、専務室の椅子でうたた寝をしていた中島博司は、電話のベルに突然起こされた。交換手から、「東郷雪乃様から電話があり、伝言がありました」と報告されてびっくりしてしまい、咄嗟《とっさ》には声が出せなかった。〈慌てるな、落ち着け〉と、自分自身に言い聞かせながら、交換手にすぐ専務室にくるように命令した。

慌ててやってきた交換手は、偶然、前回と同じ宇佐美絵理子《えりこ》であった。

彼女は部屋に入るとすぐに手招きされたが、博司の物言いは優しいが目に厳しさがあるのに気付き、座るように促されても躊躇《ちゅうちょ》していた。それで博司はイライラした。

「なにをしている！　早く座りなさい！」

命令され、彼女は小さく返事をし、言われるままおずおずとソファーに浅く座った。

「それで、その東郷という方はなんと言ってきたのかね？」

「はい。先ほど、東郷雪乃様という方からお電話がございまして、会長に取り次いでいただきたいとのことでしたが、前回と同じように、私用の連絡はできないと申し上げましたが……、それでよろしかったでしょうか？」

宇佐美は左手に持っていたメモ用紙を広げて説明した。彼女はなにか不手際をしたのではないかと心配しているようで、手が微かに震えている。

「あぁ、それはそれでいい。それより、伝言があったと言っていただろう？　それを言いなさい！　それを！」

彼女は専務の普段と違う焦った様子に驚きながら説明を続けた。

「東郷様は会長と直接お話しできないのなら、今、愛岐大学附属病院に入院していますので、そちらに連絡していただきたいと申されました」

「大学病院？　大学病院のどこ？」

博司は思ってもみなかった連絡先に驚いてしまった。

「えぇっと、確か、西病棟七階だそうですが……」

それを聞いて、博司は思わず椅子から立ち上がった。一瞬、聞き間違いかと思った。

「大学病院の西病棟七階ですが……、それがどうかされましたか？」

専務が考え込んで黙ってしまったので、彼女は訳が分からず緊張してしまったようだ。しばらくしてから、彼はごく一部の幹部職員以外に、会長がどこに入院しているかを秘密にしていることを思い出した。

「もしかして、君、誰かにそのことを言ったかね？」

「いいえ、前回の時にも専務から注意されていましたので、誰にも申していませんが」

「秘書の黒田さんにもかね？」

「はい。前にも一度、黒田さんから東郷様の件について問い合わせがありましたが、電話があったことは一言も……」

「そう、それならいいけど、このことに関してはこれからも絶対、誰にも言わないようにしてください。勿論、黒田さんにもです。会長には僕から直接伝えますから、いいですね！」

専務がいつもは使わないような丁寧な言葉を使っただけでなく、物言いは優しいが、強く念を押したので、彼女は少し不可解な表情を浮かべた。

「東郷という方は確かに、大学病院の西病棟七階に入院していると言ったんだね？」

「はい、確かにそう言われました。ですが……、不思議なことに、大学病院には東郷ではなくて、尾上という名前で入院しているからと言っていましたが」

「えっ、尾上？」

「はい。確認いたしました。尻尾の尾に、上下の上という字に間違いないそうです」

彼女は名前が書かれた一枚のメモ用紙を差し出した。彼はそれを受け取り、ちらりと見てから財布に挟み込んだ。

「あぁ、ありがとう。ご苦労様」

いつもの専務なら、「ご苦労さん」と言うのに、「ご苦労様」と言ったので、宇佐美はそれも異様な感じがした。

彼女が部屋を出て行くと、すぐに秘書の河合房子を呼び、夕方からの予定をすべてキャンセルしてもらった。秘書は理由を聞かなかったが不安そうであった。

博司が大学病院に到着し、エレベーターから降りて右側を見ると、前方に点滴をしたまま車椅子に乗っている患者の姿が見えた。それが義父の中島泰治であるとすぐに分かった。

義父は廊下から中央の洗面所に向かって、誰かと話をしていたが、博司が近付いた時は丁度手を振って別れるところであった。そのため、相手の姿は壁に隠れて見えなかった。

義父はご機嫌でニコニコしている。看護師が車椅子を回転させた時、そこに博司がいることに気付いた。

「おぅ、今日は早いな」

顔色は極めて悪いが、満面の笑みで、右手を挙げた。博司は義父に会う前に詰所に寄り、尾上雪乃のことを確認しようと思っていたのだが、早々と義父に出会ってしまい、それは不可能となってしまった。

「親父さん、具合はどうですか？　点滴をしたまま廊下に出るなんて、いいんですか？　面会謝絶なのですから、部屋でじっとしていなくては駄目じゃないですか？」

「なあに、ちょっとした気晴らしだ」

「安静にしていなくていいんですか？」

今度は車椅子を押している看護師に、念を押すように尋ねた。

「いけないとは思いますが、どうしてもとおっしゃるので……」

「ほら、やっぱり親父さんの我儘《わがまま》じゃないですか」

「いや、どうしても見たい娘さんがいたんで、それで頼んだんだ」

博司の脳裏にいやな予感が走った。

「えっ、それはどなたですか？」

「北側に入院している付き添いの娘さんでな、今、病棟中の評判になっているんだ」

「そうでしたか」

「わしも噂を聞き、その娘に一度会いたいと思っていたんだが、今、この看護師さんに頼んで、そこで話をしていたばかりだよ」

看護師は笑顔で頷《うなず》いたが、次の看護師の言葉に心臓が止まりそうになった。

「尾上さんの評判は凄いですよ。あんな付き添いをされる方は今まで見たことありません」

博司はびっくりし過ぎて言葉が出なかった。

「どうした？　博司君、少し様子が変じゃないか？」

「いや、すみません。ちょっと余所事《よそごと》を考えていたものですから」

「なんだ、仕事のことか？」

「はぁ……」

「しっかりしてくれよ。これからは君がわしの代わりに皆を引っ張っていってくれないと、会社が危うくなるからな」

泰治は豪快に笑った。彼は博司のことをお前でなく、君と呼ぶほどにご機嫌であった。

だが、博司は、「はい」と明確に応えたものの、すでに遺言は書き換えられてしまったと思い込んでいたので、心の中では白々しいと思っていた。

「それで、親父さん、その娘さんの印象はどうでしたか？」

博司はできるだけの笑顔を作りながら聞いた。

「うん、流石、評判通りのいい娘さんだと思ったな。なかなかの美人だし、看護師さん、あの娘の名前はなんて言ったかな?」

「尾上ケイコさんですよ。さっき、ご本人からお聞きになったでしょう?」

「そうだったな。ケイコという名前は覚えているが……」

泰治は微笑み続けている。

「確か、さっき、自分の娘さんと同じ名前だっておっしゃっていたじゃありませんか」

「ふむ、そうだったな」

「今、中島さんの娘さんはどちらにいらっしゃるのですか?」

「うーん、それが分からんのだ」

泰治は急に不機嫌になった。看護師は患者がどうして機嫌を損ねたのか理解できず、そのまま押し黙ってしまった。

博司は看護師の質問と義父のそんな態度から、まだ尾上という患者の正体に気付いていないと確信した。きっと、義父は東郷雪乃が結婚して苗字が尾上に変わっていることに気付いていないのだろうと推測した。景子が自分の隠し子だとはまだ気付いていないと分かり少し安心したが、心の中では心臓が締め付けられる思いであった。

いくら偶然とは言え、博司は彼女達がまさか義父と同じ病棟に入院しているなんて夢にも思っていなかった。たとえ、今は知られていなくても、いつかは知られてしまうという焦りと恐怖にビクビクしていた。それ以後、義父とどのような会話をしたのか、まったく覚えていないほどであった。

しかし、母親からの連絡と、義父と娘との対面が、それまで心のどこかで躊躇していた博司にとって、最終的な決断を下す切っ掛けとなった。

帰り際、北側へ回って尾上親子がどこの病室にいるのかを確認した。すると、確かに尾上雪乃の名札が掛かっている病室があった。彼はその部屋に入り、彼女達の顔を見たい衝動に駆られたが、藪蛇になることを恐れて思い留まった。

博司は道野に聞くのが一番だと思ったが、留守で会えなかった。

大学病院の玄関を出ると、蟬時雨のあまりの激しさに耳鳴りがした。楠の木に沢山の蟬が鳴いている姿を認めると、博司は〈蟬も生きるために必死で戦っているんだ〉と改めて思った。

その夜、中島泰治は腹部の張りによる吐き気と全身の倦怠感に苦しんでいた。そこで、ナースコールボタンを押すとすぐに看護師がきて、安定剤の筋肉注射をしてくれた。

注射のせいで頭が朦朧《もうろう》とし、天井を見詰めていると、泰治の胸中に不安と虚しさが一気に押し寄せてきた。

彼は、〈娘に一目会うまでは、なんとしてでも生きていたい。しかし、それまで生きていられるのだろうか…〉と心の中で思った。

その瞬間、昼間に会った若い女性の顔が目蓋に浮かんだ。彼女が若い頃の東郷雪乃に似ていると感じたが、それは自分の考え過ぎに違いないと思った。目元が良く似ていたので、つい彼女の名前を尋ねてしまったのだが、ケイコという名前であると聞いた時は少々びっくりし、それで苗字を聞いて尾上だと知りがっかりしてしまった。そんな自分のことを苦々しく思っていた。

泰治はまさか雪乃の苗字が〈東郷〉から〈尾上〉になっているとは露ほどにも思わなかった。

彼は得体の知れない不安に抱かれたまま、深い眠りについた。

一方、景子の方も母の付き添い看護による疲れと連日の睡眠不足に悩まされ、うなされていた。目を閉じると、見知らぬ男性の茫洋《ぼうよう》とした影が夢うつつに出てきた。彼女はその人影に優しく抱かれ、言葉にできないほど不思議な温かさを感じていた。

彼女は母親が内緒で中島泰治の会社に電話したことも知らなかったし、昼間に出会った人が自分の本当の父親などとは知る由もなかった。

2

大学病院の内科の勤務は外来の担当でもない限り、それほど厳密に時間を守る必要はなく、時間にルーズな医局員が多い。

道野正彦は時間にルーズになったり、遅刻したりすることがきらいな性格だったが、妻が自殺未遂をしてからは、遅刻したり休んだりすることが多くなっていた。

その日も、彼は仕事を休まなければならなくなっていた。朝、出掛けに妻が、「友彦ちゃんと二人だけでいるとなんとなく不安だわ」と言って泣いたからである。妻が自殺未遂をする前は、彼女の訴えに対してあまり気にとめず、仕事を優先していたが、今は不本意でも家庭を優先しようと決心していた。

そして、将来の見通しも立たないまま、秘かに大学病院を辞める覚悟をしていた。しかし、そのことに関しては、医局の誰にも一言も言っていなかった。

担当している入院患者に関しては、友人の上島創に電話で頼んだ。彼は理由を問うようなこともなく、気軽に引き受けてくれた。

友美が夫に自分のせいで仕事を休ませてしまったことを謝ると、彼は笑って、「大丈夫だから心配しないで」と言って慰めた。その優しさを彼女は嬉しく思った。しかし、彼がそう言ってくれたにもかかわらず、自分の不甲斐無さを思うと、心からは喜べず、ますます自己嫌悪に陥ってしまうばかりであった。

正彦はそんな妻の姿を見て、胸が詰まるような思いでいた。それまで彼女が一人で苦しんでいることを、それほどとは気付いていなかったのだ。

彼女から、「あなたがいないと、自分が頑張らなくてはいけないから、気を張っているのかしら、あなたが傍にいてくれると、安心して泣けるわ」と言われ、正彦は一言も返事ができなかった。

息子の友彦は一日中、母親の後ろを付いてばかりいて離れようとしない。父親の自分はいてもいなくても、息子にとっては同じだと思うと、虚しい気持ちになってしまう。

昼食後、正彦はふとセンターのことが気になり、その後の様子を尋ねた。

すると、売りに出されたと聞き、少なからず焦った。そうなれば息子の行くところが無くなってしまうからだ。

金額は、土地を含めて、七千万から八千万円くらいだと言う。

正彦は、〈金が無いのは辛いな〉と、自分に言い聞かせるようにつぶやいたが、頭の中で、〈もし、金があったら、あそこを手に入れるのに〉と思った。その想像はさらに膨らみ、〈そこで自分の医院を併設できたら、家族はいつも一緒に暮らせるのに〉とも考えた。

しかし、そんなことは単なる夢に過ぎないことは彼自身が一番よく自覚していた。

夕暮れになり、友美が台所で夕餉《ゆうげ》の仕度をしていると、突然、正彦の携帯が鳴った。待ち受けを見ると中島博司からであった。躊躇したが出ることにした。

もうなにも話すことは無いと思っていた正彦は、無愛想な返事をした。博司も電話するのに戸惑いがあったのだが、彼はそんなことは知らなかった。

博司から、もう一度だけ会って、話を聞いて欲しいと頼まれたが、例の件なら、もう話すことはなにもないので断った。

それでも、博司に必死でなんとか頼むと言われ、仕方なく了承した。

道野を迎えに行く車中、博司は考えあぐねていた。どのように口説けばいいのか、その策がなかなか見付からない。だが、なんとしてでも口説き落とし、計画を実行してもらわなければ、身の破滅になると悲壮な決意をしていた。義母の必死の形相が脳裏に浮かぶ。

義父が実の娘と対面していたとは、博司にとってはまさに青天の霹靂《へきれき》であった。義父はその女性が自分の実の子供であるということを知らないのが、今は僅かな救いであった。

しかし、このまま放置していれば、いつかは必ず知ってしまうに違いない。自分の未来のためには、今の内に手を打たなくてはならないが、それにはどうしても道野の協力が不可欠だと思い悩んでいた。

博司は道野が車に乗ると、まず自分に会ってくれたことの礼を言い、そして、前に二人で話をした白州川の川原に行こうと提案した。

道野は黙って頷いた。車中はお互いなにも話さなかった。その間も博司は必死で色々考え、頭の中はパニックに近い状態であった。それでも、やはりなんとしてでも頼むしかなく、それには正直に話すしかないとの結論に達した。

川原に到着すると、人影はほとんど無かった。車を止めて窓を開けると、吹いてくる風がなんとなく生暖かかった。道野はそれを不気味に感じた。

「実は、今日、びっくりすることがあったんだ」

博司は前方の川面を見詰めながら、独り言のように話し始めた。

道野は自分がびっくりするようなことはなにも無いと考えているので、「そう」とだけ気乗りのしない返事をした。

「話をする前に、尾上雪乃という名前の患者を知っているかな？」

ふいに道野の方を向いて尋ねたのだが、彼には質問の意味が分からない。

「病棟に同じ名前の女性が入院しているけれど、その人のことかな？」

「うん、そうだと思う」

「その人がどうかした？」

「僕も今日初めて知ったんだけど、その尾上雪乃という人が親父の昔の恋人で、付き添っている娘さんが実の子供らしいんだ」

「えっ！　本当か？」

流石に、道野もそれにはびっくりし、目を丸くした。

「あぁ、言いたくなかったんだが、君には真実を告げて、理解してもらわなくてはならないと思って言ったんだ」

「確かに、あまりにも偶然過ぎて、とても信じられない話だな」

「でも、事実さ。世の中にこんな偶然があるなんて、僕も最初は信じられなかったよ」

「だけど、どうしてそのことが分かったんだ？」

「今日、会社に電話があって、それで分かったんだ。おまけに、さっき、様子を見に行ったら、親父とその娘が廊下で会って話をしていたようで、心臓が止まりそうだったよ」

「……」

「その女性は壁の陰になっていて僕には姿が見えなかったけれど、あの小煩《こうるさ》い親父が美人で素敵な女性だと誉めていたんだ。本当にそんな人か？」

「うーん、あの患者は上島君が主治医だから、あまり詳しいことは知らないけど、病棟では評判になっているほどの親孝行な娘さんだよ。確かに、なかなかの美人だよ。それより君の親父さんは本当にそのことを知らないのか？」

「うん、そのようだ。何故か理由は分からないけれど、今のところはな。しかし、このままだと、いずれは分かってしまうから、それで君に相談にきたんだ」

「でも、どうしようもないって言っただろう？　危ない橋は渡らない方がいいよ」

「確かにそうだけど。なにもせずにこのまま手をこまねいていたら、僕は身の破滅を迎えるしかない」

「おぃ、おぃ、少し大袈裟過ぎやしないか？」

「いや、本当だよ。親父は土地家屋だけでなく、現金と会社の株のほとんどを持っているんだ。その半分以上をその娘に渡すなんて言い出して、もう、遺書も書き換えてしまっているんだ。そうなったら、会社の存続も危うくなるし、僕だけでなく、義母もそれを知って焦っているんだ！」

　博司は息も継がず捨て鉢気味に喋った。

「………」

「なっ、どう考えても、この苦しい状況を打開するには、もう親父に犠牲になってもらうしかないと思うんだ。親子鑑定がなされる前にどうしてもやらなくてはならないんだ！」

「そんなことは……」

「じゃ、他になにかいい方法があるか？」

　博司は突然そう言って道野の右腕を強く揺すった。

「そんなこと、僕には分からないよ。考えたことも無いし……」

　道野はしらけ気味である。

「なっ、なんとかしてくれ！　君ならできるはずだ！　いや、君にしかできない。それも早急にやって欲しい。時間が無いんだ」

　博司が必死に懇願しても、道野はまったく聞く耳を持たなかった。しかし、それは次の台詞を聞くまでであった。

「一億、いや二億円ではどうだ？」

　道野はその金額に圧倒され、心が激しく揺さぶられてしまった。それはあまりにも高額であった。しかも、それだけあればセンターを手に入れることができると、瞬間的に思ってしまった。

　博司は道野の心に迷いが生じたのを見逃さなかったようで、すぐに追加した。

「二億で駄目なら、さらに五千万追加するから、それで、なんとかして欲しい。僕は必死なんだ！　なっ、道野君、なんとか頼む！　本当に頼むよ！」

道野は黙して語らず、川原のほうをじっと見詰めていた。心の動揺をどうしたら良いのか分からないでいる。ふいに友美の苦悩している顔が脳裏に浮かんだ。

「君だって大切な未来を守るために、少しぐらい手を汚しても、それはそれで仕方がないじゃないか。そのために汚れる必要がある時は、汚れてもいいと僕は思っているんだ」

博司は呻くように訴えたが、それ以上は続かなかった。

しばらくの沈黙の後、道野が応えた。

「簡単には返事ができないから、少し考える時間をくれないか？」

「それはいいけど、あまり時間が無いから」

「うん、とりあえず、明日は当直だから、明後日の昼までには返事をするから」

声が小さくなっている。

「うん、頼むよ。なんとかいい返事をしてくれることを願っているよ」

博司は念を押すように言った。微かではあるが問題解決の兆しが見えたような気がして嬉しかったが、露骨に喜ぶような真似はしなかった。

道野は博司の方を見ずに曖昧な返事をしたが、目の前が急に暗くなったような気がした。

3

二億五千万円もの金額を提示され、その夜、道野正彦はなかなか眠れなかった。皮肉にも、隣に寝ている友美と友彦の寝息は安らかであった。

天井の一点をじっと見詰めていると、中島博司の歪んだ顔が何度も浮かんでは崩れ去った。それは思考の邪魔になるほど繰り返し現れた。

計画を実行することに苦悩と躊躇があったが、方法については思案する必要はまったく無かった。要請があった瞬間に、病死に見せ掛けて殺す計画はでき上がっていたからである。医者であり、しかも主治医である自分にとってはそれほど難しいことではなかった。

問題は良心のみである。事情はどうであれ、殺しを実行に移すことは医師としてだけでなく、人間としても迷うのは当然であった。

明け方近く、息子に嚙まれた右腕の傷口が疼く。そして寝返りを打った友美の手が正彦の頰に触れた瞬間、頭の中でなにかがはっきりと弾けた。妻の安らかな寝顔を再確認し、〈やるしかない〉と決意を固めたのである。そう決意すると同時に睡魔に襲われた。

翌日の朝は不思議なほど気分がすっきりしていた。そんな気持ちを察してか、友美もなんとなくニコニコしているように見えた。

「今日は当直でしょう？　頑張ってね」

出掛けに腕を掴みながら言った妻の言葉は短かったが、正彦にはそれで充分であった。

彼は、「じゃ」と言って、彼女の頰にキスをした。そんな出掛けのキスなんて、いつの間にかすっかり忘れていたことだったので彼女は微笑んだ。夫が重大な決断を下し、それを今日から実行に移そうとしていることなど、彼女は知る由もなかった。

道野は医局に入ると、すぐに出入りの薬品業者に電話した。動物実験用の名目で薬品を注文し、自分のところに直接納入するように依頼した。

その手配が済むと、彼は真っ直ぐ中島泰治の病室に向かった。患者の顔色は相変わらずどす黒い。

「おはようございます。今日の調子はどうですか？」

「おはよう。先生、今日は早いね？」

「今日はＩＣＵの当直ですから。忙しくなるので、この時間しか顔を出せそうにありませんので。それより、具合はどうですか？」

「昨夜はちょっと胸苦しかったが、今朝は大分いい。だが、この頃は腹が張って、苦しくて気持ちが悪いのと、身体が気だるくて堪らん。先生、なんとかならないかね？」

横柄に、少し厳しい表情で応えた。

道野は泰治の腹部を中心に診察し、状態はあまり変わらないと説明した。

「変わらないんじゃや、困る！　なんとかしてくれなくちゃ、困る！」

「辛いことは分かりますが、私も全力で手立てを尽くしています。難しい病気なので、あまりご無理を言わないでください。お願いします」

「無理を承知で、頼んでいるんだが……」

少し、不機嫌そうに言った。

「それでは、症状が少し改善されると思いますので、これを飲んでみてください」

道野は小さな白い薬を一錠差し出した。

「なんの薬かね？」

「腹水を除去する薬です。水が溜まり過ぎて、それが横隔膜を押し上げ肺を圧迫していますので、そのため苦しく気だるいと思われますので」

「効くかね？」

「それは個人差があります。飲んでみなくては分かりません。腹水を直接抜く方法もありますが、血圧が下がってしまう危険がありますので……」

病室には二人きりであったので、道野が水を用意し、泰治はその薬を服用した。

病室を出て行く時、道野の身体は小刻みに震え、それがなかなか止まらなかった。


その日の夜は雨が降っていたが、当直は比較的暇であった。道野は少し横になったが、心は不穏な状態が続き、頭の中を様々な事が駆け巡った。だがそれも、未明に関連病院から肝性昏睡の患者が緊急搬送されたことによって中断された。

患者は昏睡だけでなく、心室性期外収縮（不整脈）も頻回に伴っていたので、油断のならない状態であった。しかし、昼頃には症状が安定し、不整脈も少し改善された。

それでも、目を離せない状態だと判断した彼は、医局にいた友人の上島創に電話し、二時間くらいＩＣＵの留守番をして欲しいと頼むと、快く引き受けてもらえた。上島がその時、雨を見ながら自分と出会った頃のことを考えていたとは知らなかった。

それからすぐに中島博司に会うように手配した。疲れた目を擦《こす》りながら、道野はとうとう重大な一歩を踏み出してしまったと思っていた。

〈どんなことになろうとも後悔はしないぞ！〉と何度も心の中で繰り返しつぶやいた。

ＩＣＵを出た道野は重い気持ちを引き摺りながら、病院の玄関に向かった。迎えにきた博司は道野の疲れ切った表情を見て驚き、大丈夫か尋ねた。

「うーん、昨夜は徹夜に近かったから、ちょっと疲れているだけだ」

「そうか、医者も大変だな」

博司は道野の表情をさぐりながら言った。

道野のあまり時間が無いという言葉に従い、二人は大学病院のすぐ近くにある公園の駐車場に車を止めた。エンジンとクーラーは掛けたままの状態にしていた。

昼休みで、公園には数人が木陰のベンチに座って休んでおり、一組の親子連れが噴水で水遊びをしている姿が見える。

道野はなにも言わず真っ直ぐ噴水の方を見詰めており、博司はどう話を切り出したら良いのか分からないようであった。道野はすでに結論が出ていたものの、どのように告げるべきか、頭の中で整理していた。

そして遂に、道野が口を切った。

「例の件だけど……、君に協力してもいいよ」

乾いた唇を震わせながら言った。

「えっ！　そうか、ありがとう。ありがとう、恩に着るよ！」

博司が道野の手を握ろうとしたが、道野は厳しい顔をしてそれを拒否した。

「それで……、それには条件があるんだけど、君がそれを絶対に守ると、この場で約束してくれるのなら、引き受けてもいいと思っている」

「あぁ、どんな約束でも絶対に守るから、よろしく頼むよ」

「必ず、守って欲しい！」

苦渋に満ちた表情で、強い口調で言った。

「分かっている。絶対に守るから」

博司も真剣な顔をして応えた。

「僕も苦しくて、本当はしたくないのだけれど……」

「それは分かっている。僕だってそうだから」

博司は内心で、〈やった！〉と思った。

「以前、君が言っていただろう？」

「なにを？」

「大切な未来を守るためには、少しくらいは汚れたっていいじゃないかって」

「うん。僕はそう思っているよ」

「僕も今のままじゃ、この先、どうしようもなくなることが目に見えているから」

「辛いけれど、僕もそうさ」

「医者という立場を金のために利用するのはすごくいやで苦しいけれど、今はそれも仕方がないかと思って……」

道野は震える声で嘆くように言った。

「誰もそんなことしたくないからな」

博司も呻くように応えた。

「それで……、まず、お金のことだけれど、後で知らないと言われたら困るから、先に手付けとして、現金で一億円を渡して欲しい」

「分かった！　それは任せてくれ！　心配しなくていいよ」

「人間は変わるものだから」

「そうかも知れないけど、僕は絶対に約束を守るから。もし、君が失敗しても返さなくていいから……」

「失敗なんかしないよ！」

道野は言い切った。それに関しては絶対的な自信があったからだ。

「そうか。それなら安心だな」

「それで、実行するのは第二土曜日だから、いいな」

「うーん。次の土曜日か……。早ければ早いほどいいのだけれど」

博司は考え込んだ。

「でも、僕としても色々な準備が必要だから」

「それなら仕方がないな」

「君の心配は、泰治さんが死ぬ前に尾上さんと会って、実の親子だと分かってしまうことなんだろう？」

「うん。だからなるべく早くして欲しい」

「そのことなら、もう心配しなくてもいいよ」

「えっ、妙なことを言うな?」

「うーん、泰治さんはもう部屋から出ることは無いから」

「そんなこと分からないよ。部屋から出るなと言っても、なんせあんな性格だから、いつ部屋から出たいと言い出すか分からないじゃないか?」

「大丈夫、それに関してはもう手を打ったから、心配しなくてもいいよ」

「えっ、本当か?」

道野がそのための薬を義父に飲ませていたことなど、なにも知らない博司は驚いて聞き返した。

「うん。それは僕に任せてくれ」

「ふーん。確かに、君に任せるしかないけれど、流石だな」

「すべてを任せ、僕の指示通りに従うというのが、もう一つの条件だよ」

「分かった。そんなことなら簡単だ」

「僕の方針では、これから泰治さんの意識レベルを徐々に低下させ、全身状態を悪化させるつもりだから。それに対して、どうして急に悪くなっていくんだなんて尋ねたり、責めたりしないようにもし、誰かから質問されても君は無視していて欲しい。重症だからもう諦めているとか、主治医に任せているから、仕方がないとか言って欲しいんだ」

「分かった!」

「そうしてくれたら、さっき言ったように、必ず第二土曜日の夜に泰治さんが亡くなるように、手筈するから」

「どうして、その日なんだ?」

「今、そういう風に色々聞かず、すべてを任せるって言ったじゃないか。完璧に実行するには、こちらにもそれなりの都合があるからさ」

「すまん。もう聞かないから」

「それから、泰治さんが亡くなったら、僕が解剖をさせてくれと言うけれど、駄目だと言って、断固拒否するようにして欲しい。これは非常に大切なことだから絶対に覚えていてくれよ。解剖すれば問題が発覚してしまう可能性が無いとは言えないから、きっとだよ」

念を押すように強く言うと、博司は黙って頷いた。

「それから、お金のことだけど、できるだけ早く欲しい」

「ああ、それはいいよ。二、三日の内に用意して、渡すから。よろしく頼むよ」

そう言って、博司の差し出した手を道野は気乗りのしない態度で握り返した。

道野が金を早く欲しがる理由は知らなかったが、とにかく、引き受けてくれたというだけで博司は安堵した表情を浮かべた。

密談を終えると、道野はそのまま昼飯も食べずにＩＣＵに戻った。

遂に悪魔の囁きに耳を貸してしまった彼は、苦悩の淵でもがいていた。留守番を頼んでいた親友の上島の顔を、直視することができなかった。

4

九月の初旬、上島創が医局で学会発表用の原稿をチェックしていると、道野正彦が入ってきて背後から声を掛けた。その声が擦《かす》れている。

「創君、忙しいかな？　少し話があるのだけど」

「どうした？」

上島は道野があまりにも真剣な表情をしているのに気付き、手を休め身体ごと振り返った。椅子がギシギシと乾いた音を立てる。

眼鏡の奥の目が険しく、雰囲気もいつもとはまったく違っている。声もかなり低い。上島はなにかあると直感した。

同時に、最近の道野はなにか様子がおかしくなっていることを思い出した。彼にしては珍しく両手をズボンのポケットに入れたままで、眼鏡が少し陰って見える。

道野が、「ここでは話し難い」と言うので、大学病院の北側の路地裏にある喫茶『野菊』で、コーヒーを飲みながらということになった。

そこのママは五十歳くらいの落ち着いた美人で、上品な雰囲気と優しさが評判になっていた。客は病院関係者がほとんどで、所謂、常連ばかりである。

樹木や花の本が沢山置かれているのは、ママが無類の花好きだからである。花の絵や写真も多く飾られている。昼休みは大変混雑するが、夕方は閑散としていることが多い。

店に入ると、いつものようにママが笑顔で迎えてくれた。

道野はそれには応えず、黙って奥のシートに向かい、窓を背にして腰掛けた。上島は少しぎこちない笑顔で目礼し、彼の左斜め前に座った。

テーブルには一輪挿しの花瓶が置かれ、野菊が活けられている。

勘の鋭いママである。二人がいつもとは違う様子であることに気付き、事務的になににするか尋ねた。

　医師が店に不機嫌そうに入ってくることはよくある。大方は診療や研究に疲れているせいであり、そんな時にはママの笑顔がやすらぎを与えてくれることを期待してやってくるのであるが、その日の二人はそれとはまったく違う雰囲気であった。

　二人はいつも座る席が空いていたにもかかわらず、別の場所に座った。

　道野は後ろの窓外を見ながら、ややぶっきらぼうにコーヒーを注文した。上島はママの顔を見ながら同じものを追加した。ママからいつもの笑みが消えている。

　コーヒーが運ばれてくると、道野はコーヒーカップには手も触れず、じっと上島の顔を見詰めて話を切り出した。

「まず……、今度、村山静一先生が大学病院を辞めて、東森《ひがしもり》県立病院の副院長になるそうだけれど知っているかい？」

　上島は彼が非常に険しい表情をしているので、再びなにかあるなと感じた。さらに、彼が〈まず〉と言った言葉も気になった。

「いや、詳しくは知らない。そういう噂があることは知っているけど」

「昨日決定したんだ。それで、村山先生の後釜なんだけど……」

「なんだ！　そんなことか！　君が深刻な顔をしているので、なにごとかと心配して損しちゃったな。後釜なら君がなればいいじゃないか。僕も教授にそう薦めるから」

　上島は道野の話が終わらない内に、笑顔で一気に喋った。

　二人は同じ第三内科に入局し、より一層助け合う仲になっていた。お互いがお互いを信頼し、実力を認め合う間柄であった。

　ほんの少し間をおき、道野は苦り切ったような顔をして言った。

「そうじゃない！　後釜には君になって欲しい。君は出世欲が無いから、このままだと、同期の酒井《さかい》芳郎《よしろう》君に出し抜かれてしまうから」

「僕は君を薦めるけど、酒井君でもいいと思うな」

「駄目だよ！　医局のためには君でなくては！」

　上島が返事を濁していると、道野の語気が急に強くなった。

「酒井君には悪いけれど、性格から判断して、彼ではきっとトラブルが起きるよ。君もそう思うだろう？　僕が応援するから、創君、頑張ってくれ！」

「話はそれだけか？」

　上島は戸惑いの表情を浮かべながら尋ねた。

「いや、本題はこれからだ…」

　道野は厳しい表情を崩さず、やはり抑揚の無い調子で続けた。

　店の客は離れたところに見知らぬ男女が一組いるだけであった。

　そこで初めて道野はコーヒーを口に含んだ。コーヒーはブラックのままで、顔を歪めた。それも彼らしくなかった。いつもなら砂糖とミルクをたっぷり入れるのが好きなはずだからである。

「実は、君も知っているように、息子の友彦が自閉症だけでなく、知的障碍の状態で、今まで頑張ってきたんだけれど、もうどうしようもなくなってしまって……。それで、これからは子供のためだけに生きて行こうと決めたんだ」

上島は黙って話を聞いているより仕方なかった。

「それに丁度、僕の仕事も区切りが付いたことだし、これを機会に大学を辞めようと思うんだ。これからもずっと君と一緒に仕事をしたかったんだけれど……、すまん」

声が途切れがちになり、話をしながら彼は自分の眼が充血してきたのを自覚したのだろう、上島を見ずに微かに揺れるコーヒーを見詰めながら喋った。眼鏡が心なしか曇った。

「そうか、それでいつ辞めるつもりなんだ？」

「うん、今年一杯で……」

「オッフェン（開業）するのか？」

「うん」

「資金は？　銀行が貸してくれるようになったのか？」

「まぁ、なんとかなった……」

道野は真実を告げられるはずもなく、少し投げ遣り気味に応えた。

「それは良かったな」

「良かったかどうか、僕には分からん」

「おい、おい、どうした？　資金繰りが付いたのなら、上々じゃないのか？」

道野の返事が無い。それで、上島も言葉が続かなかった。

「それから、もう一つ。別の件だけど」

道野がふいに顔を上げて言った。

「残酷な話かも知れないけれど、君は四條君と結婚するつもりだろう？　それはよく考えた方がいいと思う」

「でも、僕は彼女と一緒になろうと思っている」

思わぬ話の展開に上島は戸惑ってしまった。佳菜子の病気のことを示唆されたと察したが、それ以上はなにも言えなかった。胸が潰れそうな気持ちになったが、表情には出さないようにした。

「僕は愛しているという理由があれば、それだけで友美を幸せにできると信じて一緒になったんだけれど、世の中はそんなに甘くはないことを今は実感しているんだ」

話の急展開に、上島は付いて行けないでいる。

「人間、努力だけではどうしようもないことがあり過ぎるから……」

「うん、確かに」

「話が元に戻るけれど、友美が息子のことでノイローゼになってしまい、本当に弱っているんだ。彼女は息子と二人で死ぬから、僕には自由になって、誰かと再出発してくれって言うんだ。畜生！　こんなに彼女を愛しているのに……。二人で協力しようにも限度があって、それで、追い詰められて大学を辞めるのだから、悔しいよ」

道野は右手を握り締め、呻くように言った。

「そんなに、君が追い詰められているなんて……」

上島はなにをどう言ったら良いのか、分からなくなってしまった。

「まぁ、それでも、僕が頑張るしか無いから」

少し間を置いてから、道野が力無くつぶやいた。

上島にはやはり掛けるべき言葉が見つからない。脳裏に彼の息子の顔が浮かぶと同時に、恋人の佳菜子の顔も浮かんで消えた。

「それと、これからも、なにがあっても仲良くしてくれよ」

「えっ？　変なことを言うなよ！　そんなこと当たり前じゃないか！」

道野の、「うん」という力の無い返事に、上島は再び沈黙してしまった。

逃げ場の無い重苦しい空気がその場を支配した。上島の視線は宙を泳ぎ、壁に掛けられている短冊に向けられた。レジのすぐ後ろの壁に一枚の短冊が掛けられており、支払いの時に自然と目に入る場所にあるにもかかわらず、気付く客は少なかった。

それは三年ほど前に書かれたもので、紙も日焼けして黄ばんでいる。字は見事なほどの悪筆であるが、世の中は不思議なもので、それを個性的だと誉める者もいた。

そこには俳句が一句、『夕顔や人に告げたき話あり』と書かれている。

作家名は無く、偶に誰の俳句かと尋ねる客もいたが、ママは〈分かりません〉と応えるのが常であった。しかし、実際にはその作者を知っている者が三人いた。一人はママであり、残りの二人は上島と道野である。

道野は上島に僅かだが言いたいことを伝えられて、心が少し落ち着いた。再びコーヒーに口を付け、上島の視線が短冊に向けられていることに気付き、小さな声でつぶやいた。

「あれが書かれた時のことを、僕は今でも良く覚えているよ」

それは三年前の暑い夏の夕方であった。二人でこの店にやってきた時のことだ。午後七時の閉店に近いせいか、客は誰もいなかった。その日は無口な上島がより一層寡黙になっていた。道野にはその原因がなにか分からなかったが、あえて尋ねたりしなかった。

いつもの窓際の席に座ったのだが、上島の視線が店の前に咲いている白い夕顔に向けられて離れない。

「おい、どうしたんだ？　創君、彼女のことでも考えているのか？」

「いや、別に。なんでもないよ。今、俳句を思い付いただけだよ」

道野の質問に、上島は少し焦りながら応えた。

「えっ、俳句を？　どんな俳句か教えてくれ！」

「いやだよ。恥ずかしくてとてもとても……」

「わたしも知りたいわ。どんな俳句なのか」

ママも身を乗り出した。

「そう言えば、君とは高校時代からの付き合いだけど、君の作品は一度も見たことが無いぞ。ここで披露してみろよ」

「やぁ、喋ってしまって拙《まず》かったな。後に引けなくなってしまったかな」

上島は照れながら遠慮がちに言った。

「そうだよ。早く披露しろよ」

「あまりたいしたことはない句だけれど……、今、〈夕顔や人に告げたき話あり〉というのを創ったんだけど、どうかな？」

「どういう意味だ？　なんとなく分かるような気もするけれど、きちんと説明してくれよ」

「ごめん。説明はしたくないんだ」

言葉は柔らかだったが、凛然として拒否した。

「素敵ね。わたしには分かるわ。とてもロマンチックで哀しい俳句ね。創先生とは解釈が違うかも知れないけれど、涙が出そうなくらい素敵な俳句だわ」

ママは瞳を輝かせ、胸の前で両手を合わせた。

「ママ、そんなに誉めてくれても、なにも出ないよ」

上島は謙遜してそう言ったのだが、ママは真剣な表情を崩さない。それどころか、「ちょっと、待っていてね」と言って、店の奥から真新しい短冊と筆に硯《すずり》を持ってきて、「これに書いてくださいな」と依頼したのである。

それからしばらくの間、書く書かないのやり取りがあり、とうとうママが勝った。結局、誰が書いたかを言わないという約束で、上島は書くことにしたのである。

その日以来、ずっと、その短冊は店に飾られている。

その際、上島が、〈哀しい白だね〉とつぶやいたせいか、道野は夕顔の白さが目蓋に焼き付いて離れなかった。


道野がふいに言った。

「最近になって、あの俳句の意味がやっと分かったような気がする……」

「えっ?」

「口に出したくても出せない、そんな哀しみを夕顔に託したんだな?」

上島は返事をしない。

「僕はそう解釈をしているんだ。本当は、僕もあの俳句の夕顔のように、今、〈人に告げたき話あり〉の哀しい気分でいるから、そう感じるのかも知れない……」

道野は独り言のようにつぶやいたが、やはり元気が無い。

「人は哀しみから離れて生きていくことが難しいように、創られているからな」

上島がそう言うと、道野は顔を真っ直ぐ見詰めて言った。

「人間が生きるということは、心が段々濁ってしまうことだと僕は感じているんだ。僕はこれから黒く濁ってしまうけれど、君だけは美しく白く濁っていて欲しい」

「そうだな。僕もそう思う」

上島はなにも考えずに同意した。

しかし、その時、道野の言葉の意味を理解したつもりでいたが、本当の意味で理解できたのはずっと後のことであった。

彼の油断は道野の、〈僕はこれから黒く濁ってしまう〉という台詞が未来形で、これから濁るという真の意味を聞き逃してしまったことにあった。

5

上島創が道野正彦と喫茶店で話し合った翌々日の午後、中島泰治の様子を聞きたいから主治医を呼んでくれと、見舞い客からの依頼があった。

道野がいなかったので、上島が説明することになった。彼は道野から留守番を頼まれており、その面会人を無下《むげ》にする訳にいかないと判断したのである。

上島が病室に入ると中年の男性が二人待っていた。泰治の秘書の黒田順一と顧問弁護士の樽見義人《よしひと》である。看護師の水島五月が上島の後ろを付いてきている。

「今、主治医の道野は手が離せないので、申し訳ありませんが、なにか特別なことがありましたら私が代わりに話を伺いますが」

患者が寝ている姿を横目で見ながら告げた。

まず、黒田が自己紹介し、名刺を差し出した。続いて、弁護士からも名刺を渡された。

上島は名刺を受け取ると、それを白衣の胸のポケットにしまった。

上島も主治医の同僚の者だと名乗り、用件を訊いた。

「今日は道野先生がおられると思ったのですが……。中島会長の病状は現在どのようなものか、ご説明していただけないかと思いまして」

黒田は少し困惑しているようである。

「そうですか。本来、詳しいことは主治医でなければ説明できないことになっていますので、できればアポイントメントを取ってからきていただけると嬉しいのですが」

上島も少し恐縮して応えた。

「そうですね。では、改めて出直すことにしますか？　どうしましょうか？」

黒田が樽見に意見を求めた。樽見は頷いて同意しながら話した。

「実は、先日も病状を知りたくてお伺いしたのですが、道野先生が突然休まれ、お会いできませんでしたので」

「あっ、そうでしたか。それは申し訳ありませんでした」

「いいえ、きちんとしたアポを取らなかったこちらのミスですから、仕方がありませんが、それで、会長の今の状態を先生はどう思われていますか？　できる範囲で結構ですので、ご説明いただきたいのですが。我々素人目に見ても、会長の容態が日に日に、しかも急速に悪くなって行くように思え、それで心配しているのですが……」

傍らで寝ている中島の方をちらりと見ながら樽見が質問した。

そこで上島は二人に、部屋の外に出るように促した。患者に会話を聞かれるのをいやがったのである。だが、彼らはこの場で説明してくれと言って、外に出るのを断った。

上島は迷った。

「聞かれても大丈夫です。会長はご自分の病気に関しては、なにもかも承知しておられますので、ここでお話しください。陰でこそこそすることを極端に嫌いますので」

樽見にそう言われても上島は戸惑っていた。だが、上島の表情を見て、黒田が続けた。

「今は返事をなさいません。意識が朦朧とされているようなのですが、どうでしょうか？」

そう聞かれ、上島は眠っているだけで、意識レベルはまだそれほど低下してはいないと思っていたので、少し驚いてしまった。それで、五月の方を向いて状態を尋ねた。

「二、三日前から、急に元気が無くなり、意識が低下してボーッとしているように見えます。なにを質問しても応答がクリアーではありません」

「ふーん」

「カルテを持ってきましょうか？」

「いや、いらない」

上島は五月の申し出を断わり、そして説明した。

「僕は詳しくは診ていないので、断言はできませんが、この方の病気は徐々に悪化し、ある日、突然のように意識レベルが低下するのは普通のことだと思われます。それは肝性昏睡と言いまして、進行したC型肝炎の最も特徴的な合併症の一つです。中島泰治さんの今の状態もそうだと思われますが、道野先生からそのように説明を受けていませんか？」

「やはり、そうですか。そのようになるかも知れないとの説明は受けていましたが、この状態がそうだとは思いませんでしたので」

黒田が言った。すると、五月が口を挟んだ。

「この前、道野先生が中島さんの息子さんと奥さんに、今、先生がおっしゃったのと同じように、肝性昏睡に入ったと説明されていました。わたしがその場に付いておりましたので、間違いありません」

「あぁ、そう」

道野なら説明していないはずがないと思ったが、もしかしたらと危惧したので、上島は彼女の言葉を聞いて安心した。

「それに……。あのぅ、もう一つ、よろしいでしょうか？」

五月が上島に尋ねた。

「いいよ」

「道野先生はいつ急変してもおかしくない状態だから、そのつもりでいてくださいとも言われておりました」

「そう。僕もそう思います。でも、詳しい説明は明日にでも道野先生本人から直接聞いてください」

「そうでしたか。私達は入院時に病状を聞いただけで、それ以降のことはなにも聞いていませんでしたので、それはどうも失礼いたしました」

黒田が応え、それで二人は納得して上島に礼を言った。

上島は横目で中島の表情を窺ったが、そのまま診察はせずに部屋を出て行った。一度は聴診器を首から外し、診察しようとしたが、本人が鼾《いびき》をかいているため、睡眠の妨げになることを恐れたのである。

当然、上島はその容態になんの疑問も抱かなかった。その陰に忍び寄るものの存在に気付くはずもなかった。


その帰り、上島は恋人の部屋に立ち寄った。ドアをノックすると、「はい」と元気な返事があった。佳菜子は起きており、ベッドの上でパソコンを操作している最中であった。

その頃の彼女はベッドに臥《ふ》せっていることが多くなっていたので、彼はその姿を見て少し安堵した。彼女の微笑みに上島の頬も緩んだ。

「あまり元気は無いし、腰もまだ痛いけれど、この頃やっと、なんとなく元の元気を取り戻せそうな気がしているの」

「なんとなくじゃなく、絶対に大丈夫だからね」

上島は笑顔で断言した。

「嬉しいわ。ところで、あなたは忙しいの？」

「いや、今は病棟も落ち着いているし、なにも特別にすることがないから割と暇だよ。今、一人診てきただけだよ。道野君が担当している患者なんだけど、彼は皆に内緒で外出しているから、僕が代わりに説明してきたんだ」

佳菜子は学会の準備で忙しいかと尋ねたつもりであったが、彼は診療のことだと思ったのである。それで佳菜子は微笑んだ。

「それより、暑くないの？」

窓の方を見ながら尋ねた。いつものように室内のクーラーが止められ、窓が開いていたからである。

「わたしはこの方がいいの。クーラーが駄目だから」

「そう、僕なら、こんな残暑は耐えられないな。今日は特に暑いから。でも、網戸くらいは閉じていないと、虫が入ってこない？」

「この方が外の景色もすっきり見えて快適よ。ここは七階だから虫も入ってこないわ。夜は電気を消しているからいいのかしら」

「確かに、自然の風の方が気持ちいいからね」

そう言って、上島は窓の外を見た。佳菜子は幸せそうに微笑んでいる。

だが、その微笑みの陰にも忍び寄るものがあることをまだ気付いていなかった。

第五章　三つの死

1

その頃、道野正彦は白州川の川辺で、最終的な確認と現金の受け渡しをするために中島博司と待ち合わせていた。到着すると博司はすでにきており、車中から手招きされた。

道野は車をすぐ横に止め、周辺に人影の無いことを確認すると、空の段ボール箱を抱えワゴン車の後部座席に乗り込んだ。そこには大きなボストンバッグが置かれていた。

すぐに博司から手筈通りにいっているか訊かれたが、道野は頷《うなず》いただけであった。

それで納得した博司はバックを指差して言った。

「金は、そのバッグの中にあるから、確認してくれ」

「信用するよ。じゃ、予定日は分かっていると思うけど、絶対に空けておいてくれよ」

道野は〈絶対に〉に力を込めた。

「ああ」

「夜の十一時前後になると思う。その少し前に、危篤状態に陥ったのできてくれと電話するから、必ず病院にこられるように待機していてくれ」

「分かった。でも、どうしてその日にするのかくらいは、教えてくれてもいいじゃないか?」

道野は少し迷って首を傾げた。

「そういうことは一切聞かない約束だっただろう？」

語尾が不機嫌になった。その日は東京で癌学会があり、医局の皆が留守になるので、わざわざ頼んで当直を替わってもらったことは説明しなかった。医局員には大学を辞めるので、今回は学会には行かないと告げていた。

博司は素直に謝った。

「そういうことはあまり説明したくないし、知らない方がお互いのためだと思うよ」

「そうだな、もうなにも聞かないから、勘弁してくれ」

「うん、それから、解剖を拒否することも忘れないでいてくれよ」

「それは分かっている。他になにかあるか？」

「今はそれだけだ。じゃ、病院をこっそり抜け出してきたんで、もう行くから」

「大変なことを引き受けてくれてありがとう。よろしく頼むよ！」

博司は念を押すように言いながら、両手を合わせて頭をさげた。

金はバッグごと持って行ってくれと言われたが、道野は目立つのは拙《まず》いし、妻にも知られたくないので、持ってきた段ボールに入れ替えた。その際、道野は外を見回した。

「用心深いな。スモークで外からは見えないから、安心しなよ」

道野はバッグを開いて現金を確認すると、急に心臓がバクバクして手が震えてしまった。そこにはビニールに包まれた束が十個あり、それぞれに帯封の百万札が十個ずつ束ねられている。かなり重く感じた。そして、それを自分の車のトランクにしまった。

道野はそのまま自宅に戻ったが、なかなか動悸が収まらなかった。家に入る直前、上島に電話して患者に変わりはないかを尋ねた。上島から中島泰治のところに見舞い客があり、病状について聞かれたので、意識の混濁は肝性昏睡のせいだからと説明したと言われ、内心〈よし〉と安堵した。それは計画した通りであった。

家に入ると、妻の友美が玄関先まで走ってきて、カバンを受け取りながら言った。

「あなた、お帰りなさい。今日は早いのね？」

「うん、今日はちょっと用事があって、午後から休みにしたんだ」

「あら、そう。どうしたの？」

「銀行へ行ってきたからさ」

妻を納得させるために、想定していた通りの嘘をついた。

「そうなの？　夕食にはまだ早いから、すぐ、お茶の用意をするわね」

友美は夫の言葉を無視して淡々としている。

「なぁ、友美、銀行はどうだったって聞かないの？」

「だって、どうせ、また駄目だったんでしょう？」

友美は笑顔で応えた。銀行が融資してくれるようなことはもう無いと諦めていたのに、夫が微かにニヤリとしたのを見て彼女は表情を変えた。

「もしかして、貸してくれそうなの？」

「うん。なんとかなりそうだよ」

「わっ、やった！　嬉しいわ。諦めずに交渉した甲斐があったわね」

友美は正彦の両手を握り上下に振りながら飛び上がって喜んだが、正彦は顔を強張らせたまま少しだけ頷いた。その態度を見て、夫が心から喜んではいないのを察した彼女は、その原因が返済のことだと思ったようだ。

「お金を返すのは大変かも知れないけれど、二人で頑張りましょう。わたしも頑張るから！」

友美は苦笑した夫の手を引っ張り、居間に誘った。

彼女は浮き浮きし、ビールとグラスを持ってきて、「乾杯しましょう」と言った。

正彦は作り笑いをしながら同意した。だが、その楽しい雰囲気は一瞬にして破られた。

隣の部屋にいた息子の友彦がふいに泣き出したからである。自分が無視されていると思ったのだ。一度泣き出すともう止まらない。

「ごめん、ママ、友彦ちゃんのことをすっかり忘れていて、ごめんね」

慌てて抱き上げたが、それでも泣き止まない。

彼も〈泣くな！〉と怒鳴りたくなる気持ちを抑えてあやしたが、まったく効果が無い。

しばらく泣いていたが、やがて泣き疲れて眠った。やっと落ち着いても、息子を起こさないように声を落として話さざるを得なくなり、乾杯どころではなくなってしまった。

友美が泣きそうになり、謝り掛けたが、正彦はそれを手で制した。

「何度も言っているだろう。君のせいじゃないって！　必ず、僕がなんとかして、君の負担を軽くするから」

妻の背中に手を廻して慰めたが、いつも同じことの繰り返しに少々うんざりしていた。

悪魔に心を売ろうと決心しただけでも大きな負担なのに、せめてこんな時くらいは気持ちを落ち着かせて欲しいと願ったが、それは望むべくもなかった。どうしようもない虚しさと哀しみに陥らざるを得なかった。

「ところで、センターの話はどうなった?」

話題を変えても友美は応えない。

「さぁ、これで涙を拭いて、しっかりしなさい!」

彼はタオルを手渡しながら、天井を見上げ、いつものように嘆息した。

「君がしっかりしてくれないと、友彦だけじゃなく、僕も困るし。家中が暗くなって、辛くなっちゃうよ」

「ごめんなさい」

蚊の鳴くような声である。

「いいけれど、本当にしっかりしてくれないと」

「はい、ごめんなさい……」

「謝ってばかりいないで、僕の話を聞きなさい!」

つい声が大きくなりそうになるのを、必死で押し殺した。

反応がないので、妻の肩に手を置き、「じゃ、はい、大きく息を吸って、吐いて」と促すと、彼女は言われるままに深呼吸をし、それで少し落ち着きを取り戻した。

「センターはまだそのままよ。不動産屋さんが言うには、あそこは市街化調整区域だから、土地の値段が二束三文でしか売れないと言ったらしいの。それに、どうやっても、普通の家は建てられないそうなの。それで、話がまとまらなかったみたい」

小さな声で説明した。

「そうか……」

「誰かがあそこをそのまま引き継いで経営するか、特別な建物、例えば、病院とか老人ホームのような公に供する建物しか許可されないそうなの。だから、及部先生も困り果ててしまっているらしいの」

「そう、それで、いくらぐらいで売ろうとしているの?」

「詳しいことは知らないの。でも、今年の暮れまでには結論を出さなくてはならないそうよ。それまでは今まで通りに運営するしかないみたい」

「市街化調整区域でもかまわないから、僕達があそこを買おうか?」

「えっ、どういう意味?」

「あそこを買って、僕達がオーナーになるということだよ」

「えっ、本当に?」

友美の表情に僅かだが明かりが灯った。

「あそこは敷地が広いから、片隅に小さな医院でも建てればいいと思うんだけど、君はどう思う?」

「そんな、どう思うだなんて……。そうなれば嬉しいに決まっているじゃない。そんなの夢のまた夢みたいな話だわ」

「君がそう言うのなら、夢を実現させてあげるよ。資金の方も銀行からなんとか借りられるようになったから」

「本当に?」

「そうだよ。あそこのオーナーへの道が開けたということだよ」

それを聞いて、友美は飛びつくようにして、正彦にしがみ付いた。

その瞬間、正彦の脳裏に中島泰治の苦しむ姿が浮び、妻に知られないように顔を歪めた。

2

大学病院の外来は土日と祭日は基本的に休みであるが、救急救命部は二十四時間体制で休みは無い。しかも、休日であっても各科の当直医は院内に常在しており、その他の医師も大勢いる。例えば、重症患者を抱えている者や研究者などである。中には、どこへも行くところが無いという理由できている医師もいるのだが、これが結構大勢いるのである。しかし、大きな学会のある時は別で、特別な用事のある者以外がいることの方が珍しい。

九月の第二金曜日の午前十時頃、上島創は大学病院に向かった。日曜日の研究発表の最終準備をするためであったが、その用事はすぐに済んだ。

彼は少々ご機嫌で、足取りも軽く病棟へ向かった。右手に萩の花を一本持っている。今朝方、マンションの庭先に咲いていたのを佳菜子のお見舞い用に摘んできたのである。

病室に入ると、佳菜子はぼんやりと窓の外を眺めていた。頭部を白いニットの帽子で隠している。

彼女はすぐに萩の花に気付いた。

「あら、そのお花は?」

「ツクシハギだよ。庭先に咲いていたから。病室に見舞いの花は禁止されているけれど、ちょっと君に見せようと思ってこっそり持ってきたんだ」

「わぁっ、嬉しい！」

「すぐにポロポロと零《こぼ》れ散る花だから、縁起が悪いと思われないか心配したんだけど」

「嬉しいわ。だって、その花はわたしにとっては特別だから」

佳菜子が相好を崩し、ベッドから降りて花瓶を用意しようとしたが、上島はそれを押し止めた。彼が入口側の部屋から一輪挿しを持ってくると、彼女がオーバーテーブルの上からパソコンを移動していた。

「わざわざ動かさなくてもいいよ。これは窓辺に置くから」

「いいえ、ここに置きたいの。あなたは明日から学会で留守でしょう。だから、看護師さんに注意されるまでは、その花を見てあなたのことを思い出すの」

「そっか。治療は上手くいっているから、安心していて。腰痛もすぐに治ると思うよ」

「はい」

「パソコンはやってもいいけれど、あまりやり過ぎないようにね」

「はい、分かりました。でも、パソコンは日記だけよ」

彼女は腰の痛いのを忘れたように、嬉しそうに応えた。

「あれ？　日記なんか付けていたの？」

「ええ、入院してから、毎日の出来事、例えば、食事やお見舞いになにをいただいたとか、とりとめのないことを書いているの」

「ふーん。正岡子規みたいだね。じゃ、今日は僕から萩の花をもらったって書くんだ」

「いいえ、内緒だけれど、それは別のところに入れるの」

「へえ、どうして?」

「日記はなんでもないことだけ書いて、創さんのことは秘密のところに書くようにしているの。わたしのあなたへのラブレターよ」

彼女はそう言って笑った。上島はその笑顔をとても可愛いと感じた。

「ラブレターだなんて、誰かに読まれたら拙くないかなぁ」

「それは大丈夫よ。わたしだって見られたら恥ずかしいもの。他の人には絶対に分からないようにしてあるのよ」

「じゃ、安心だ。でも、どんなことを書いているのか、ちょっと知りたいなぁ」

少々おどけて聞いた。

「日記ならいつでも見せてあげるけれど、ラブレターの方は駄目よ!」

「妙なことを言うね。僕へのラブレターなら、僕が読まなければ意味が無いと思うけど」

「駄目なの! わたしが無事に退院したらお見せします」

「無事に退院するに決まっているから、今、こっそり見せてよ」

「でも、駄目よ。入れてあるところが簡単には分からないようにしてあるし、こっそり見ようとしても、パスワードを知らなければ絶対に開けられないようにしてあるから」

少し声が大きくなった。

「ふーん」

「日記のパスワードは今教えてあげるわ。わたしの誕生日になっているから、いつでも見ていいわよ」

「そんなこと聞いても無意味だよ。こっそり見せてと言ったのは冗談だから」

「パスワードをなににするかは、あなたも知っている通りとても難しいのよ。忘れるようなものは駄目だし、簡単なものだとすぐに破られて、侵入されてしまうから」

「そうだね」

「秘密のファイルのパスワードの、ヒントだけなら教えてあげるわ」

「いいよ、そんなこと」

「でも、聞いて、聞いて！　わたしにはちょっと嬉しいパスワードなの」

「ふーん、どんなところが嬉しいの？」

「まず、数字じゃなくて、英字ばかりの六文字なの。それからね……」

佳菜子はふいに窓の外に視線を送り、腰を擦《さす》りながらつぶやいた。

「早く、良くなりたいなぁ。このまま空を飛んでどこか遠くへ行きたいわ」

「さっきも言った通り、すぐに良くなるよ！　それでヒントはなにか、もったいぶらずに教えてよ」

「はい。わたしがあなたと結婚すれば名字が変わるでしょう？」

「うん？　それが？」

「ええ、そこで頭を使うというのがヒントなの」

「ええっ？　それじゃ、まったく分からないじゃないか」

「ヒントは、そ・こ・ま・で」

彼女は悪戯っぽく笑ったが、上島はそれ以上聞かなかった。

「東京、気を付けて行ってきてくださいね。研究発表頑張ってね。それから、お土産はいりません。そんな余裕があったら貯金しましょう。わたしはちゃんと貯めているわよ」

「うん、ありがとう。明日の朝、新幹線で出発して、明後日の午後に発表するから、その夜には帰ってくるつもりだけれど、多分、遅くなるから、会えるのは月曜日だよ。それまでは大人しく待っていて」

「はい、寂しいけれどそうします」

「留守中は道野君に頼んであるから、安心していていいよ。もっとも、なにも無いに決まっているから、そんなこと言う必要もないけどね」

彼はなにも考えずにそう言った。

上島は佳菜子の頬に軽くキスをして、病室を出て行こうとした。

その時、佳菜子は彼を見詰めて口籠るようにつぶやいた。

「わたし、なんだか不安だわ」

「なにも心配することはないよ」

彼女の言葉に上島も妙な胸騒ぎに襲われた。しかし、〈大丈夫だ〉と自分自身に言い聞かせ、彼女を抱き寄せて背中を軽く叩いた。佳菜子は離れ難そうにしがみついた。

「あっ、ちょっとお願いがあるの。髪の毛を一本ください」

彼に理由を聞く必要は無かった。そこで、髪の毛を一本抜いて手渡した。

彼女もニットの帽子を脱ぎ、自分の髪の毛を一本抜き、その二本の毛髪を縄のように重ねると、テーブルの上に飾られている萩の枝にそっと縛った。

その間、上島は彼女の頭から視線を外して窓の外を眺めていた。化学療法の副作用で髪の毛がかなり抜け落ちていたからだ。帽子はそれを覆い隠すためのものであった。

「でも、これで、わたしは生きていけるわ。もっと、もっと頑張るわ！」

髪の毛を結んだ萩の花を見詰めながら、佳菜子は力強く言った。

上島はそんな彼女をいじらしく感じ、再び強く抱き寄せお互いの存在を確かめあうかのように激しく唇を重ねた。

その瞬間、萩の花がいくひらかパラパラっと零れ落ちた。


その後、上島は佳菜子への根拠の無い不安を抱えたまま、尾上雪乃の病室を訪れた。雪乃は三日ほど前から全身状態が極端に悪化し、すでに意識不明に陥っていた。

景子は起きていて、思っていたより元気な声で挨拶をした。

患者を診察すると、両肺野の呼吸音も弱く、湿性ラ音（肺に浸出液が溜まってゼーゼーと聞こえる音）を認める。

「残念ですが……、もう手の施しようがありません」

低く小さな声で景子に告げた。しかし、彼女からの返事は無い。

「よくもって、後一週間くらいだと思われます。どなたか会わせたい方がおられましたら連絡を取ってください」

「いいえ、わたし達にはそのような方は誰もいませんから」

「そうですか。実は、前にも言いましたが、僕はこれから東京へ行かなくてはなりません。その間に容態が急変した場合には、道野先生に頼んでありますので、ご了承ください」

「はい、分かりました。お気を付けて行ってきてください」

「多分、まだ大丈夫だと思いますが……、何分、体力が衰えていて、油断のならない状態ですので、気道の分泌物、痰などが気管支に詰まり、急に呼吸停止をきたしてしまうことが想定されます。そうなっても延命処置は施行しませんが、それでよろしいですね？」

「はい。そのようにしてください。色々ご親切にありがとうございます」

「では、これで……」

「明日の夕方から天気が悪くなるそうですので、お気を付けていらしてください」

「心遣いをありがとう。でも、研究発表はホテルの中ですから、土砂降りでも関係ありませんから」

上島は微かに笑みを浮かべた。

その頃には、景子は上島を医師としてだけでなく、一人の人間として尊敬、信頼し、淡い恋心を抱き始めていた。しかし、彼が隣に入院している四條佳菜子の婚約者であることを知っていたので、そのことを口にすることも態度に出すこともなかった。

景子は廊下まで出て上島を見送った。いつものように彼女の視線は彼の背中を追ったが、彼は一度も振り返ることはなかった。

3

癌学会は九月の第二土曜日と日曜日の二日間にわたって開かれた。東京は土曜日の夕方から激しい雨が降った。

学会は自分が泊まっているホテル内で開催されているのでゆっくり眠れると思ったが、なぜか発表前夜の土曜日はなかなか寝付けなかった。翌日に発表を控えているからではないような気がした。学会発表はもう何度も経験しているし、準備も完璧であったから、それが原因ではないと感じていた。

ただ、なんとなく言い知れぬ不安にかられイライラしていたのだ。それで、夜の十二時少し前に大学病院の病棟に電話を入れ、佳菜子と雪乃の容態を尋ねてみた。

看護師の水島五月が、「その二人は何事もありません」と返事したので一安心したが、彼女が〈その二人は〉と言ったのを聞き咎《とが》めた。

「二人はって、他になにかあったの？」

「特別室の中島泰治さんが急変して亡くなられ、今、立て込んでいます」

上島は亡くなるべくして亡くなった患者だと考えたので、当直の道野が大変だろうなとは思ったが、あまり気に留めなかった。

翌朝、ホテルのロビーに降りて行くと村山講師が座っていた。彼は上島の姿を見付けると椅子から立ち上がり手を振った。その仕草に、村山が自分を待っていてくれたような気がした。しかし、そんなことはあるはずがないので偶然だと思った。

挨拶を交わした際、村山から表情を覗《うかが》うようにじっと見詰められたような気がした。

「今日の発表は大丈夫だな?」

「はい。でも、どうしてですか? いつもはそんなこと聞かないのに、今日に限って……」

「うむ、君なら心配無いと思っているが、ちょっと聞いただけだ。コーヒーでもどうだ?」

上島は了承したものの、村山の態度がどこか妙だなと感じた。それでもあえて理由を尋ねるようなことはしなかった。少しの沈黙の後、注文したコーヒーがテーブルに置かれたのを切っ掛けに、上島が報告した。

「そう言えば、特別室の中島さんが昨夜亡くなったそうですよ。ご存じですか?」

上島は何気無く言ったつもりであったが、村山が異常な反応を示したのを見て驚いてしまった。

「どうかされたんですか? 中島さんになにかあったんですか?」

「いや、なんでも無い。君はその情報をどうして知ったんだ?」

「水鳥君から携帯で聞きましたが」

「そうか、仕方がないな。他になにか言ってなかったか?」

「別に、変わりはないそうでしたが、〈仕方がないな〉って、なんですか?」

「なんでも無い。そうか……」

村山は語尾を濁し、残ったコーヒーをゴクリと一気に飲み干した。

そこへ瀬戸口潔《きよし》教授がやってくる姿が見えたので、二人は立ち上がった。教授は二人の姿を認めると、「やぁ」と一言だけ声を掛け、そのまま立ち去ろうとした。

ところが、村山が急に教授の後を追った。上島も追おうとしたが、それは村山に制止された。

それで椅子に再び腰掛け、二人のやり取りを遠くから見ていた。

村山が教授になにか話しているが、上島には聞こえなかった。教授が村山の話を聞きながら、ちらりとこちらを見たので、上島はなんだろうと軽い疑問を抱いたが、そのままコーヒーを飲んでいた。二人が内緒の話をしているとは微塵も考えなかった。

午後からの上島の発表は順調で、二、三のフロアーからの質問にもリラックスして応えた。発表を終え、壇上から降りると村山から手招きされた。

「ご苦労さん。良かったぞ」

「はぁ、ありがとうございます」

「そこでだが、これからすぐ愛岐に帰ってくれ！」

村山は表情を強張らせている。

「えっ、仕事ですか？　この後の演題も聞いてから、帰りたいと考えているのですが」

「仕事じゃない！　落ち着いて聞いてくれ！　実は……、四條佳菜子君が、昨夜、突然亡くなったんだ……」

語尾がはっきりとしなかった。上島はあまりの衝撃に周囲の雑音が消え、無音の世界に一人立ち尽くした。やっとのことで気を取り直すと、村山の肩を激しくゆすって言った。

「えぇっ！　そんな……。そんなこと信じられません。先生、冗談は止めてください！」

「冗談じゃない！　事実だ！　こんなこと、冗談では言えん……。とにかく、すぐ帰ってあげてくれ」

「一昨日の朝に会った時、彼女はとても元気で、病状も安定していましたし、昨夜も看護師から変わりはないと聞いていました。そんなこと、やはり信じられません」

「詳しいことはまだ聞いてないから、よく分からないが、亡くなったのは事実だ。昨日の夜中らしい……。雨で誰も気付かなかったそうだ」

「雨？　雨って、なんですか？」

「詳しいことは道野君に聞いてくれ！」

それだけ告げると、村山はそのまま口を閉ざしてしまった。ふいに、今朝方の村山の態度や教授と会話していた姿が浮かんだ。そこでやっと、自分の発表が済むまでは秘密にしておこうという配慮があったことに気付いた。

帰りの新幹線の中、上島は、〈何故だ！　何故なんだ！〉と心の中で、何度も何度も繰り返しつぶやいた。それでも、携帯で佳菜子の死因を確かめることはあえてしなかった。否、しなかったというよりできなかった。

後から後から涙が溢れて止まらなくなってしまった。動悸が異常に激しく、手足は極端に冷え、身体の震えを抑えることができなかった。


九月の第二土曜日、四條佳菜子は朝から腰痛に苛《さいな》まれていた。すぐに、持っていた座薬・解熱鎮痛剤を使用したが、症状はあまり改善されない。

彼女は、〈今日はどうしたのかしら？　薬が効かないわ。雨が降りそうだからかしら？　創さんが東京に行って留守だから、余計に酷《ひど》く感じるのかしら？〉などと考えながら腰を擦り、痛みに耐えていた。朝食もほとんど摂取できなかった。

彼女は医師の常識として、鎮痛剤はできるだけ使用しない方が良いことも、我慢のし過ぎは良くないことも熟知していたので、自分なりにそれを使うタイミングを計っていた。

午後二時頃、気が付くといつの間にか雨が降り出していた。こぬか雨であった。彼女はこれ以上疼痛を我慢しない方が良いと判断し、ナースコールボタンで看護師を呼んだ。

「すみません。痛み止めの注射をお願いします。今朝、座薬を使ったのだけれど、治らなくて、それに、悪心《おしん》もあって、鎮痛剤の内服はしたくないから」

走るようにやってきた看護師に頼んだ。

「そうですか。分かりました。では注射を用意しますね」

「お願い。ペンタゾシン15mg（1A）とヒドロキシジン塩酸塩25mg（1A）の筋注をお願いします。あっ、それから吐き気止めの座薬を一つとフェンタニルパッチ（経皮吸収型持続性癌疼痛治療用の貼り薬）5mgを一枚持ってきてくれないかしら?」

「分かりました。上島先生から、ご希望通りにするように指示されていますので」

佳菜子はすぐに吐き気止めの座薬と件《くだん》のパッチを使用し、左腕に注射を受け、三十分ほどで悪心と疼痛は軽減し、そのまま浅い眠りについた。

夜の七時頃には天井がぼやけて見え、全身が気だるく感じられたので、体温を測ってみると三十八度近くあった。再び、鎮痛解熱用の座薬を使用した。その日はそれが二度目であったが、熱はすぐにさがり、症状は少し改善された。

東京にいる恋人に、「創さん、助けて……」と呼び掛ける小さな声が虚しく雨の中に消えて行く気がした。今の彼女にできることは、ただ、じっと耐えることだけであった。

同じ日の午後八時頃、道野正彦は手筈通り、「泰治さんの容態が良くないので、すぐに家族の皆さんにきて欲しい」と中島博司に電話を入れた。

泰治はすでに意識が消失し、IVH（中心静脈栄養）で全身の維持管理がなされていた。勿論、それが道野の作為によるものだとは誰も知らない。彼が点滴の中に睡眠剤を入れ、その量を調整することにより意識を消失させ、その深い睡眠状態があたかも肝性昏睡であるかのように見せ掛けていたのである。

よほどの専門医であっても、単純に診察しただけでは深い睡眠状態と肝性昏睡との鑑別診断は無理である。当然、厳密にチェックすれば判明することであるが、主治医以外の者がそれをすることはまず無い。だから、露見する可能性はゼロに近いと道野は確信し、なんの不安も抱いていなかった。

夜の十時半頃、佳菜子はなかなか寝付けず、眠剤をもらうためにナースステーションへ向かった。消灯時間はとうに過ぎていたので、ナースコールで看護師を呼ぶのを遠慮したのである。この遠慮が彼女の運命を変えてしまうことになった。

佳菜子が詰所に入ると、片隅で道野が一人離れて点滴の薬液を詰めていた。彼女はそのまま後ろから、「こんばんは」と声を掛けた。声は小さかったが、道野はふいに声を掛けられたので、「わっ！」と声を出し、持っていた注射のアンプルを落としてしまった。アンプルは割れずにコロコロと彼女の足元に転がった。

佳菜子が親切心でその落ちたアンプルを拾おうとしたのを、道野が、「触るな！」と語気鋭く制止した。その声のあまりの厳しさに彼女は声が出ないほどびっくりし、目を丸くした。彼はその時初めて、声の主が四條佳菜子であると気付いた。

「ごめん。君だとは思わなくて……。こんな時間にどうしたの?」

尋ねると同時に、道野は素早くアンプルを拾い手の中に隠した。佳菜子はそんな彼の態度を少し不審に感じたが、そのことには触れなかった。

「眠剤をいただこうと思いまして……。道野先生、驚かせてしまって、ごめんなさい」

「いいよ。僕もびっくりして、つい、きつく言ってしまって申し訳ない。今は立て込んでいるので、眠剤はもう少し後で看護師に頼んでもらってもいいですか?」

道野は素知らぬ顔をして言った。

「はい、そうします」

彼女がそう返事をした途端、看護師の水島五月が詰所に走るようにして戻ってきた。

「道野先生! 特室へきてください!」

そう言われ、彼はそのまま詰めていた点滴パックを持って出て行った。

「四條先生、どうかされました?」

五月はそこに佳菜子がいることに気付き尋ねた。

ちょっとした疑問を抱いているところへ五月から聞かれたので、少し戸惑いの表情を見せた。

その姿を見て、五月は僅かに笑みを浮かべた。

「手持ちの眠剤が無くなったので、いただきたいと思って」

「はい、分かりました」

「でも、今は忙しそうだから、後でもいいわよ」

佳菜子は看護師に気を使ったが、五月はすぐに薬を手渡すと同時に飛び出して行った。佳菜子は誰かが重症で死に掛けているのだと推察した。

中島泰治の病室では入り切れないほどの人が集まり、全員が患者の方を向いて押し黙っていた。一人の看護師が血圧を測っており、もう一人は点滴のスピードを調整している。

道野が部屋に入って行くと、入口近くにいた人間は全員壁際に身体を寄せて彼を通した。

「血圧は触診ですが、六十です」

看護師がすぐに報告した。彼は黙って頷き、持ってきた点滴パックをその看護師に渡し、それを点滴回路につないでゆっくり落とすように指示した。

道野はモニターの動きと点滴をつなげている看護師の行動だけを交互に見詰めていた。家族や見舞い客の方には一顧だにせず、当然、博司の顔も見なかった。

三十分ほどで心電図が乱れ始めた。道野が泰治の目蓋を指で開き、瞳孔を診ながら黙って右手を差し出すと、五月がすぐさまペンライトを手渡した。

全員が道野の一挙一動を見詰めている。瞳孔のチェックを済ますと、頚動脈に軽く触れ、おもむろに聴診器を首から外すと、もう一人の看護師が素早く患者の胸を開いた。

道野は呼吸と心音をチェックし終えると同時に告げた。

「残念ですが……、もうすぐ臨終を迎えられると思われます」

沈鬱《ちんうつ》な表情を作り、全員を見渡した。一瞬、博司と目が合ったが無視した。

「前にも言いましたが、患者さんのご意思で、延命治療はしないとのことでしたので、これ以上の治療、人工呼吸器などは用いませんが、それでよろしいですね？」

誰一人声を発しない。泰治の意思については皆良く知っていたので、ほとんどの者が頷いた。博司も黙ったまま、じっと道野を睨むように見詰めている。

沈黙が訪れ、病室内に重苦しい空気が流れた。それから四、五分ほど経って道野は点滴のスピードを少し速くした。その際、手は震えていなかったが、心臓がバクバク躍り、腋には冷や汗をかいていることなど、誰も気付かなかった。

そして突然、モニターが心室細動を示し、緊急のアラームが甲高く鳴り響いた。道野は形だけの心臓マッサージをしただけであった。泰治は心停止をきたし、モニターがフラットになった。道野はそれを確認すると、再び瞳孔の対光反射と脈拍、心音をチェックし、ゆっくりと両手を合わせた。いつもより長めに祈りを捧げ、そして静かに告げた。

「ご臨終です」

数人が頭をさげて礼を述べたが、不思議なことに、涙を流す者は一人もいなかった。

しばらくの間を置いてから道野が説明した。

「このまま三十分ほど様子を見ますので、皆さんにはその間に患者さんとお別れしていただきます。その後、もう一度、死亡を確認させていただき、それからすぐに死後処置をさせていただきますが、よろしいですか？」

「分かりましたが、その後はどうしたらいいですか？」

博司が尋ねた。

「その前に、お願いというか、申し上げたいことがあります」

数人が首を傾げ、道野の方を見詰める。

「なんでしょうか？」

泰治の妻、蓉子が尋ねた。

「あのぅ、このことは一応決まりになっていることなのですが、勿論、任意ですが、私共は大学病院で亡くなられた方には全員病理解剖をさせていただきたいとお願いしているのですが……」

「そんなこと、とんでもないわ。お世話になった先生には申し訳ありませんけれど、それは止めてください。もうこれ以上、この人を傷付けたくありませんのでお願いします」

道野が言い終わると同時に、蓉子が拒否した。事前に解剖には反対するように道野と示し合わせていた博司は、意見を言おうとして身を乗り出したが、蓉子のお陰でその必要はまったく無くなった。

「そうだね。親父さんが可哀想だから、それは止めてください」

と追加しただけであった。

解剖に賛成の者は誰一人いなかった。それで道野は一安心した。

「では、仕方がありませんので、ご家族の意思に従います。それではこれから死亡診断書を書きますので、看護師が死後処置を始める頃に、どなたかナースステーションまで取りにきてください」

「分かりました。僕が行きます」

博司が言った。

「処置が終わりましたら、地下にある霊安室に運びます。そこからお帰りいただくことになりますので、お宅の契約しておられる葬儀屋さんに連絡をしてください」

「承知いたしました」

博司は奇妙なアクセントで、馬鹿丁寧な言葉を使った。

道野はナースセンターに戻ると、すぐに死亡診断書を書き、これですべてが終わったと思いホッとした。

博司が指示された時間に詰所を訪れると、道野は黙って封筒に入った死亡診断書を手渡した。博司は周りに人影が無いことを確認し、「ありがとう。上手くいったな」と小声で言ったが、道野は返事をしない。それどころか蒼白の顔面をしている。

博司が、「どうかしたのか?」と尋ねると、道野は、「ううう…」と呻いた。博司にはその意味が理解できなかった。そこで、もう一度尋ねたが、やはり返事が無い。

4

上島創が四條佳菜子の訃報を聞き、大学病院に戻ったのは午後の六時半を少し回った頃であった。

「佳菜子はどこ?」と、そこにいた看護師の近藤志保《こんどうしほ》に尋ねた。「四條さんはどこ?」と聞かねばならないところを、つい「佳菜子は?」と聞いてしまった。

二時間ほど前に自宅に戻ったと聞き、上島は〈やはりそうか〉と思った。彼女が病室から転落しているのが発見されたのは今朝早くであったと聞いていたので、その後の時間の経過を考えれば、もういなくても仕方がないと推測していたからである。

「ゼクチオン(解剖)は?」

「されました」

彼女は言い難くそうであった。

「四條さんが死んでいるのに気付いたのは、いつ頃だったの?」

「発見されたのは今朝の四時半頃だったそうです。解剖の結果、亡くなられたのは夜中の十二時前後だったようですが……、詳しいことはわたしも知りません。確か、その頃は中島泰治さんが亡くなられた直後で、看護師達は死後処置やなにやかやで、仕事に追われていたのか、誰も気付かなかったそうです」

上島は落胆のあまり、言葉に詰まってしまった。

「今、道野先生に連絡を取りましたので、もうすぐいらっしゃると思います。詳しい事情は先生から聞いてください」

上島は微かに頷き、「一体、どうしたんだろう? なにがあったんだろう?」と独り言を繰り返した。志保は瞳をウルウルさせ、こちらの顔をじっと見詰めている。

「君はなにか知っていない?」

「五月さんの話では、昨日は一日中腰痛があって、病気のことを苦にしておられたそうですが、わたしにはよく分かりません」

「病室はどうした?」

「多分、そのままにしてあると思います」

「じゃ、道野君がくる前にちょっと見ておきたいから」

病室に向かうと、志保も付いてきた。

特別室に入ると、ベッドにはまだ布団が敷かれたままであった。荷物はなにも無かったが、花瓶に生けられたツクシハギだけが窓辺にポツンと残されている。花は半分以上零れ落ちていたが、結んだ髪の毛はまだそのままであった。

上島は東京に行く前に佳菜子がそれを見ながら、「これで、わたしは生きていけるわ。もっともっと頑張るわ」と言ったことを思い出した。彼女の笑みが脳裏に浮かんだ。だからこそ、絶対に自殺などするはずがないと確信していた。それは信念に近かった。

窓を開けて下を覗くと、真下に花束が二つ置かれているのが目に入り、また、胸が詰まってしまった。ビルの高さは恋人を奪うには充分な高さであった。いつもはなにも考えなかったその高さに恐怖した。ベッドにへたり込み、布団の一部がほんの少しだが濡れているのに気付き、びっくりして立ち上がった。

「四條先生は窓を開けたまま眠られていたのですかね？　昨夜は雨が降ったので、それで濡れているのでしょうね」

「うん、そう思う。あの人は雨が好きだったから、かなり激しい雨でも、いつも窓を開けて外を眺めていたから」

「やはり、そうでしたか」

「夜勤の看護師は夜中に巡視しなかったの？」

「四條先生から、眠りの妨げになるから止めてくれと頼まれていましたので、昨夜もしていません。そのことは先生にご報告してあるはずですが」

「あぁ、そうだった」

志保に言われて初めて、上島は佳菜子から頼まれていたことを思い出した。

「こんなに高いところから落ちてしまって、可哀想に……」

志保も窓から下を見下ろして、同情するようにつぶやいた。ところが、彼はその志保の言葉尻を捉えた。

「落ちた？　四條君は落ちたのではなくて、落とされたかも知れないじゃないか！」

突然指摘されて、志保は驚いたようだ。

「えっ？　どういうことですか？」

「落ちたというのは、自殺か事故のように聞こえるから」

「でも、警察はそのように言っていましたので」

「えっ？　警察がきたの？」

「はい。ご存じなかったですか？」

「うん、知らない」

「多分、道野先生だと思いますが、連絡したら、朝早くに警察がきまして、色々調べて行きましたが」

「そうだったのか」

「その結果、警察も争った形跡が無いので、事故か自殺かはっきりしないようでしたが」

志保は上島の表情を窺いながら、とつとつと説明した。

「それに……、誰も四條先生の悲鳴とか、争っているような物音はしなかったというか、なにも聞こえなかったそうです」

「うん？　少しくらいはなかったの？　例えば、落ちた音とかさ」

「それも聞こえなかったようです。と言うより、雨が降っていたので、そのせいかも知れません」

音がしなかったのは、雨のせいか、それとも部屋の気密性が高いせいかと考えながら、上島は窓の外を見詰めて溜息をついた。昨日からの雨はすでに止んでいたが、空はまだどんよりと曇っている。

彼の溜息に釣られたのか、残り少なくなっていた萩の花がまた零れ落ちた。

上島の目は虚ろで、志保はそんな彼を見るのは初めてであった。彼女は胸が締め付けられるような思いをしていても、慰めようがなかった。

そうこうしている内にナースコールがあり、道野がきたと言われ、それを切っ掛けに二人は病室を出て詰所に向かった。

上島達が戻ると、詰所の前で道野が神妙な顔付きで待っていた。彼も疲れた様子であったが、上島はそれを前夜の当直で忙しく、寝ていないせいだと解釈した。

「悪いな。当直明けで疲れているのに、わざわざきてもらって」

「いや、僕の方こそ謝らなければならないよ。本当に申し訳ない」

泣き出しそうな声で言い、眼鏡を外して拭いた。両目が真っ赤である。

「そんな、君が謝ることなんかないよ」

「いや、僕のせいだ……」

この道野の言葉の真の意味を、その時、上島は理解し切れていなかった。単純に、当直者としての責任感から発せられた言葉だと思っただけであった。

「運が悪かったな……」

上島の言葉に道野は返事をしない。

「わたしはこれで失礼します」

ふいに傍にいた志保が病室に向かって踵《きびす》を返した。彼女が途中で心配そうに、二度も振り返ったことを彼らは気付かなかった。

「向こうの部屋で話をしようか？」

道野が小さな声で提案し、二人が部屋に入ると、すぐに上島が口を切った。

「疲れているところを悪いな。それで、彼女になにがあったのか、詳しく教えてくれないか？どうしてこんなことになってしまったのか……」

上島の質問に、彼は少し間をおいてから話し始めた。

「昨日の夜中に僕の患者が亡くなって……、それでごちゃごちゃしている最中に四條さんが窓から落下したようなんだ」

「亡くなったのは中島泰治さんだな？」

「うん」

「それで？」

「今朝の四時半頃だったと思うけれど……、僕が詰所にいたら、電話で彼女が下に落ちており、ずぶ濡れになって死んでいると報告され、驚いて、すぐ救急救命外来に運んだのだけれど、すでに冷たくなっていて、もう手遅れの状態だったんだ」

道野は苦しそうな表情で、途切れ途切れに説明した。

上島も苦渋の顔をしており、時折頷くだけであった。

「君には申し訳ないけれど、救急外来の先生が警察に連絡し、それから解剖に回した方がいいと言うので……、村山講師とも電話で相談して、そうしたんだ」

「それは仕方がないな」

「勿論、ご両親と警察の了解も得て、そうしたんだけれど……」

「えっ、両親？」

「うん、すぐに彼女の両親に連絡して、きてもらったんだ」

「僕にも連絡して欲しかったな。もう遅いけど」

「僕はすぐに連絡しようとしたんだけれど、その前に看護師が村山先生に連絡を入れていて、学会発表が終わるまでは君になにも言うな、村山先生が直接君に言うからと命令されたんで、それで言えなかったんだ」

上島は、〈やはり〉と思った。

「で、ご両親はなんて言っていた？」

「君によろしくと言っていたけれど、他にはなにも言ってなかったよ」

「………」

「君と同じように、どうして死んだのか聞きたいと言っていたけれど……。僕にも分からないし、警察の調べと病理解剖の結果が出るまで待っていてくれるように頼んだんだ」

上島は心の中で、それで良かったと思った。

「納得されたかどうかは分からないけど、なにも言わず、黙っておられたよ」

「それで、警察はなんて言っていた？」

「多分、自殺か事故だろうと言っていたよ」

「そうか。僕には確信があるのだけれど、彼女は絶対に自殺なんかするはずがないよ」

「でも、警察がそう言っていたから……」

それで、上島はなにも問えなくなってしまった。だが、道野がなんとなくオドオドしているようにも見えたので、どう思っているのか尋ねた。

彼はちょっと焦ったようである。

「僕は……、もしかしたら事故かも知れないと思う」

「事故？」

「うん、昨日、四條さんは腰の疼痛が酷かったようで、調べてもらえば分かるけれど、色々な鎮痛剤や安定剤を沢山使用していたから、それでなんらかの理由でベッドの上に立つかなにかして、ふらついて落ちたのかも知れないと思っているんだ。窓が開いていたし、ベッドが窓際にあったから……」

「そうか……」

「警察は難病だったのなら、病気を苦にして自殺したのかも知れないとも言っていたよ」

道野の説明だけでは抱いていた疑惑は消えなかったが、その場はそれで納得せざるを得なかった。道野の表情はますます優れなくなっている。

「ありがとう。もういいよ。疲れているところをすまなかったな」

「あぁ。じゃ、これで帰るから……」

道野は聞こえないくらい小さな声で言って、右手を少し上げた。その時、上島は彼の袖口から、右腕に包帯をしていることに気付いた。

「それ、その腕の包帯、どうしたんだ？」

「ああ、これか。これはなんでもないよ。たいしたことはないから」

道野は包帯を白衣の袖で隠すようにしながら応えた。

上島はそれ以上あまり気に掛けることもなかった。とにかく、明日、午前中に病理教室と警察へ行って、様子を聞いてくることにしようと思った。

上島が道野から話を聞き終えた頃には、すでに午後の十一時を回っていた。ところが、帰ろうとするところへ、志保がいきなり飛び込んできた。

「上島先生！　尾上さんがもうすぐ呼吸停止しそうです。急いできてください。当直の先生が呼ばれています」

「うん、分かった！　それじゃ！」

道野に別れを言うが早いか、上島は志保と一緒に尾上雪乃の病室へ向かった。道野は右手を上げて応えようとしたが、傷に鋭い痛みが走ったので止めた。

休日は自分の受け持ち患者を当直医に任せてあるとは言っても、病院内にいて、自分の担当患者に急変があれば診るのは当然の行為である。大学病院に勤務する限り、休日はあっても無いのと同然であることは、医師の誰もが承知している。

病室に駆け付けると、後輩の当直医が聴診している最中であった。彼は上島に気付くと急いで立ち上がり、遠慮がちに言った。

「すみません。先生がいらっしゃると聞いたので、お呼びしまして」

「いいよ。後は僕に任せて！」

上島はすぐ看護師から聴診器を受け取ると、まず雪乃の呼吸状態を診た。呼吸はすでに下顎呼《かがくこ》吸《きゅう》の状態であり、浅くて速く不規則であった。呼吸音は弱いが、正常音で分泌物が詰まった様子は認められない。心音に不整は無く、少し頻脈になっている。

「血圧は八二から五六です。脈拍一〇八。急に呼吸が乱れたようです」

志保の言葉に頷くと同時に、患者の耳元で呼び掛けた。

「尾上さん！　分かりますか？　尾上さん！」

応答は無い。だが、まだ瞳孔の対光反射は正常に反応している。

患者の希望に従い、延命処置を施行するつもりは無かったので、注射やレスピレーターの指示はしない。

ふと気が付くと、傍らで景子が心配そうな顔をしている。彼女は上島と目が合うと目礼をした。主治医の姿を見て、彼女は不安そうな中にも少し安堵したようである。

上島は彼女に廊下に出るように目で合図した。廊下に出ると、彼女の方からすぐに小さな声で礼を言った。

「こんな夜遅く、先生にきていただいて申し訳ございません。でも、安心いたしました」

「はぁ、丁度僕がここにいて良かったのですが、お母さんは、多分、もう駄目だと思われます……」

上島は景子の瞳を真っ直ぐ見ながらゆっくりと話した。

「はい、分かっています。長いことありがとうございました」

もう少しだと思うと告げたが、彼女はすでに覚悟しており、涙は無かった。

一時間ほどして雪乃は帰らぬ人となった。遺体は景子の同意を得て病理解剖に回された。

大学には第一と第二病理教室があり、隔月ごとに交代で病理解剖を担当している。

執刀医は四條佳菜子と同じ、第二病理の中村基行《なかむらもとゆき》教授であった。解剖結果は予想されていた通り、乳癌が全身に転移していたが、目新しい所見はなにもなかった。

雪乃の解剖が済むと、上島は教授に礼を述べたついでに、佳菜子の件を尋ねてみた。

教授は上島が彼女の婚約者であることを知っていた。

「病気に関しては、後ほど結果を見させていただきたいと思っています。それより、今は、彼女の死因に、なにか不審な点が無かったかどうかを知りたいのですが……」

「そうですね。その点は警察にも聞かれましたが、直接の死因は落下による全身打撲、外傷性ショック死です。即死だったと思われます」

教授は上島の質問したいことを薄々感じていたのだろう、事務的に応える。

「そうですか……」

「特徴としては、全身が雨に濡れて泥まみれになっていたことですか」

上島は彼女の死んでいた姿を思い浮かべ、急に悲しくなり、胸が詰まってしまった。

教授はそんな彼の心の動きとは無関係に、淡々と説明し続けた。

「私の見る限りでは、死因に不審な点は認められませんでしたので、警察にも今のところは事件性は認められないと報告しました」

抑揚もなく説明する教授の口元をじっと見詰めながら、上島がさらに質問した。

「確かに事故死だったら、あり得るかも知れませんが……。理由はうまく説明できませんが、私はどうしても事故じゃないと思っていますし、それに、自殺だけは絶対に無いと思えて仕方がないのですが、その点はどうでしょうか？」

「そう言われましても、今のところはなにも言うことはありません」

上島の真剣な質問に反し、教授は何事も無い表情をして応えた。


尾上雪乃の遺体は驚くほど軽かった。地下の霊安室に運ばれたのは夜明けに近かった。霊安室から車で送り出す時、上島は佳菜子の件に関して景子がなにか知っていることはないか尋ねようとしたが、結局は止めた。彼女が悲しんでいる時にそんなことを聞くのは申し訳ないと思ったからである。もし、なにかを知っているのならば彼女の方から話してくれたはずだとも考えた。

葬儀は上島の紹介した寺で行われることになった。景子以外に親族がいなかったので、上島は葬儀に参加する旨を伝えた。

大学病院では、医師が担当した患者の葬儀に参加することはまったくと言っていいほど無いのが通例だが、それを無視して参加することにしたのである。

裏門から退出する際、景子は深々と頭をさげた。

「お世話になりました」

「いいえ。僕も後から葬儀場に行きますから」

「重ねがさねご迷惑をお掛けして、申し訳ございません」

「なにかあったら、いつでも遠慮なく訪ねてきてください」

「ありがとうございます。よろしくお願いいたします」

「これから一人で大変でしょうが、気を落とさずに頑張ってください」

「はい。後ほど、折を見てご挨拶に伺います。本当にありがとうございました。では、これで失礼いたします」

そう言った瞬間、彼女の瞳から大粒な涙が溢れ出た。

上島は再び、頑張るように励ました。すると、彼女はふいに彼にすがり付いた。それまで抑えていた感情が涙と共に溢れ、我慢できなくなったようだ。

黙って彼女を優しく抱き締めて背中を撫でた。

やがて、景子は上島から離れると、俯《うつむ》いたままなにも言わずに霊柩車に乗り込んだ。上島はその車が見えなくなるまでじっと見送った。

戻ろうとした時、どこからか佳菜子に呼ばれたような気がした。

ふと立ち止まり、足元を見ると、茂った草の間に名前も知らない薄紅色の小さな花が、一輪ポツンと咲いていた。

第六章　雪の美富野峠

1

尾上雪乃の葬儀に参加したのは景子と上島の二人だけであった。二人は会話らしい会話はほとんどせずに別れた。

葬儀の後、上島は自宅に戻り、喪服から私服に着替え、真っ直ぐ愛岐警察署に向かった。マンションの庭先に咲いていた萩の花が、一昨日の雨でほとんど散ってしまっていることに彼は気付かなかった。

訪問の目的を告げると、中年の私服男性が応対してくれた。

名刺を差し出し、四條佳菜子の件に関して、話を伺いにきたと伝えた。

その男は低い声で、中根《なかね》健史《たけし》と名乗り、渡した名刺を見もせずにポケットにしまい込んだ。その横柄な態度といかつい顔は警察関係者というより、暴力団の一員ではないかとさえ思われた。

「失礼ですが、お宅は刑事さんですか？　昨日、大学病院に調べにこられた方ですか？」

「ああ、そうだが、どんな話だね？　あの件は別に問題は無いと思うが」

中根は全身をチェックするかのようにジロジロと見ながら、無愛想にしかもいきなり断言したので、上島は言葉を失った。病院へは制服の警察官がきたと思っていたので、奇妙な感じがしただけでなく、その男の態度に少々戸惑ってしまった。

「四條佳菜子さんは自殺なんかしないと僕は思っているので、それで詳しい話を伺いにきたのですが」

「そう。ここではなんだから、まあ、こちらにきて」

上島は奥のデスクに案内された。署内は思っていたより静かであった。

椅子に座ると、中根は奥に向かって右手を上げ、「おーい、誰か、お茶を淹れてくれ！」と大声で言ってから、いきなり核心を突いた質問をしてきた。

「先生は、四條佳菜子さんが殺されたとでも言うのかね？」

「いや、僕は殺されたとは言っていません。でも、自殺だけは絶対に無いと思っているのです。それに、事故も考えられませんので……」

「ほう、どうしてかね？」

「はっきりとした理由はありませんが」

「それじゃなぁ。根拠が無くては話にならんよ」

「それはそうだと思いますが、実は、僕は彼女の婚約者です。まだご両親の了解は取っていませんでしたが」

そう言ったが、中根の表情にはなんの変化も無い。

「彼女が亡くなった時、僕は学会で東京に行っていたのですが、行く前に彼女に会っており、その時の態度と話の内容から考えても、自殺はありえないと確信しているのです」

「そうかね。先生の気持ちは分かるけど、闇雲に自殺じゃないと言われてもなぁ。もっと他になにか具体的なことは無いのかね？」

具体的なことと言われても、なにも思い付かない。萩の花のことを説明しようとしたが、そんなことは他人に理解されるはずがないと思って止めてしまった。

「それで、お尋ねしたいのですが、現場にはなにか不審な点は無かったのでしょうか?」

「うーん、まだ調べている最中だから、今、ここで先生に教える訳にはいかんよ」

「それでは、刑事さんの印象だけでもいいのですが、教えていただけませんか?」

「あぁ、わしの第一感では、あまり事件性は無いようだよ!」

突き放すように言われ、上島は頷《うなず》くより他ない。

「だからね、先生。実のところ、わしらも自殺ではないと考えているんだよ。どうも事故じゃないかと思うんだが、先生はその点をどう思うかね?」

「僕も事故の線は完全には否定できないと思っていますが、なんとなくですが、それもありそうにないと思っています」

「根拠はあるのかね?」

「いや、根拠はありません。ただ、なんとなくだけです」

「なんとなくだけじゃ、わしらもどうしようもないからなぁ」

中根は机の片隅に置かれていた書類を手元に引き寄せ、それをチェックしながらつぶやくように言った。上島は昨夜考えたことをここで話すべきかどうか、この中根という刑事に言って良いものかどうか迷っていた。

すると、刑事の方から書類を見ながら聞いてきた。

「先生がこの人の婚約者なら、協力してもらいたいんだが、いいかね?」

中根の話し方は粗野でぶっきらぼうであったが、上島は彼がどことなく信頼がおけそうな感じがしてきていた。

了承すると、中根はおもむろに切り出した。

「あぁ、それなら、まず、この、四條さんが受けた注射のことだけど、ペンタゾ……シンとか、塩酸ヒドロなんとかというのは強い薬なのかね？」

「はい、かなり強い薬です」

「それなら、普段はあまり使われない薬なんかね？」

「いいえ、結構使われています」

「ほう、それはどんな時？」

「主に痛み止めに使われています。癌の末期とかにですが、量が多ければ麻薬に近い作用があります」

「それじゃ、それほど痛みが酷《ひど》かったということなんかね？」

「多分、そうです」

「それを打つと、頭がくらくらして、まともに歩けなくなる人もいるそうだが、その点はどうかね？」

「個人差がありますが、そうなる可能性は否定できません。でも、四條さんの場合は午後二時頃に注射していますので、夜まで効果が持続していたとは思えません。また、痛み止めの座薬を二回と、癌性の疼痛にだけ使用される貼り薬も使っていますが、それでも彼女の場合は全身がぐったりするようなことは絶対に無いと思います」

「そうか……。それでは彼女がベッドに立ち上がった時にふらついて、過って窓から転落してしまったということは考えられるかね？」

上島はその話題が出るのを待っていた。

「確かに、彼女がベッドに立ち上がったのなら、ベッドは窓の近くにあり、その可能性はありますが、僕は彼女がベッドに立ち上がったとはどうしても思えないのです」

「ほう、どうして？」

「ベッドの上に立ち上がる理由がありません。仮にあったとしても、考えられるのはトイレに起きた時くらいですが、実際にその場でやってみれば分かります。まず、ベッドは窓際にあるので、降りるとすれば窓の反対側ですし……、身体を起こすのなら、そのままベッドから足を床に降ろすはずなので、ベッドの上に立つようなことは絶対にあり得ないと思うのですが、どうでしょうか？」

上島は身振り手振りを交えながら、詳しく説明した。

「じゃ、癌が頭に飛んで、それで気が変になってしまったようなことは無いのかね？」

中根は厳しい顔をした。

「四條さんの場合に限って言えば、それは絶対にありません」

「そうか。俺は素人だから、変な質問をしてしまったかな？」

「いえ、そんなことはありません」

「じゃ、佳菜子に一体なにが起こったのかな……？」

中根は質問するようなしないような言い方をした。

「僕もそれを知りたくて、ここにきたのですが……」

上島は中根が彼女のことを〈佳菜子〉と呼び捨てにしたことを、別に奇異には感じなかった。彼の言葉遣いの荒さのせいだと思っただけであった。

「なにか、争ったような形跡とか、不審なことはありませんでしたか?」

「うーん、そんなことは無かったよ。不審な点も見付からなかったし……、そこにいた職員の全員に色々聞いたんだが、誰もなにも知らないと言っていたし、異常な物音も聞こえなかったようだからな」

「それは雨のせいではないかと言う人もいますが、僕は特別室の気密性が高いせいじゃないかと思うのですが」

「そうかも知れんが、いずれにしても、確かなことが無くては、我々としても動きようが無いよ、先生」

「はぁ」

「先生が不審に思う気持ちは、よーく分かるけど、まぁ、もう少しこちらでも調べるから、今は成り行きを見守ってもらうしかないよ」

「確かに、そうですね」

「解剖の結果もまだ出てないし、そう焦りなさんな」

それ以上なにも言えず、質問することも無くなってしまった。

上島は自分が考えていたより詳しく中根が調べていることに気付き、却って驚いたほどであった。〈警察はなんらかの事件性があると疑っているのかな〉と思い、部屋を出ようとした時、中根に呼び止められ、彼女が病気のこと以外のトラブルを抱えていたかどうか尋ねられた。いくら考えても、彼女がトラブルを抱えているとは思えなかった。

その日、彼はそのまま家路についた。身も心も疲れ切ってくたくたになっていた。

2

翌日、四條佳菜子の解剖では特に問題ないと判断されたせいで、翌々日には葬儀が執り行われた。上島創は葬儀に参列するために飛高市に向かった。

四條佳菜子の故郷、飛高市は県の最北端に位置しており、愛岐市から特急電車で約二時間半の距離にある。そこは小京都と言われるだけあって、古い町並みが沢山残っている瀟洒《しょうしゃ》なところであった。

電車は白州川沿いに走り、紅葉の季節にはまだ早いとは言え、美しい風景が続く路線である。しかし、上島には車窓から眺める景色はすべて灰色に見えた。

飛高市に近付くにつれ、彼女との想い出が走馬灯のように駆け巡り、〈彼女がこうなる前に、何故もっと早く彼女の両親に会って、結婚を申し込まなかったのか〉と後悔した。

葬儀は市の郊外にあるセレモニーホールで執り行われ、喪主は父の四條宗太郎《そうたろう》が務めた。

上島は母親の峰子《みねこ》とは何回か話をしていたが、宗太郎とは会ったことが無かった。仕事が忙しく、娘のことは母親に任せきりにしていたからだ。

四條家は全国的にも名の知れた酒造会社を営んでいる財産家で、大勢の参列者があり、上島はどこにいたら良いのか迷った。

それで、後ろの方に立っていたのだが、参列者の中に喪服を着た中根刑事が立っているのに気付いた。中根は目が合うと微かに目礼をしたが、すぐに視線を祭壇ではなく参列者の方に移動させた。その目が異常に光っているのを上島は奇異に感じた。

祭壇に飾られた遺影の佳菜子は微笑んで美しかった。それがまた上島の心を苦しめ、涙を誘う。焼香の時、長い間両手を合わせて祈った。帰り際に焼香台の脇に立って挨拶をしている佳菜子の両親に目礼した。

「この度は……、娘が大変お世話になりまして、ありがとうございました」

峰子は小声で挨拶したが、父親はなにも言わずに頭をさげただけであった。

「いえ、どうも、ご愁傷さまです……」

上島は擦《かす》れた声で挨拶するのがやっとであった。

棺の中に花を供える際、彼は右の人差し指で佳菜子の冷たくなった唇にそっと触れた。

「カコ、さようなら。素晴らしい想い出をありがとう」

彼は人目もはばからず声に出して言った。その瞬間、再び深い悲しみに襲われ、手が震え、また涙を流した。それには、傍にいた参列者が驚いたほどであった。

出棺時、上島は親族ではないので、斎場まで付いて行くかどうかほんの少し迷ったが、やはり付いて行こうと決心した。どうしても彼女の骨を拾いたかったのだ。

斎場の奥にある小さな座敷で一人ポツネンと座っていると、佳菜子の両親が傍らにやってきた。上島が挨拶をしようとする前に、峰子が宗太郎に彼を紹介した。

「あなた、この方が上島創さんよ」

「遠いところをありがとうございます。娘がお世話になりまして……」

宗太郎が正座をし、小声だがはっきりした口調で挨拶し、畳に両手をついて深く頭をさげた。峰子も一緒に頭をさげた。上島も慌てて正座し、なんと返事をしたら良いのか分からず、恐縮して頭をさげながら言った。

「この度は、このようなことになってしまいまして、力及ばず、まことに申し訳ありませんでした……」

「娘は……、寿命だったと思うことにしています。私は、忙しさにかまけてしまい、こうなってしまった今になって、もっと娘の傍にいて力になってやれば良かったと……、深く後悔しています。上島先生には本当にお世話になりました」

宗太郎は声を詰まらせながら言った。

「そんなことは……」

上島もそれ以上は声にならなかった。

「どうぞ。先生、膝を崩してください。少しお話がありますが、よろしいですか?」

宗太郎の強い勧めに上島は膝を崩したものの、何事かと思った。

すると、宗太郎は峰子から手荷物を受け取り、テーブルの上に置いて言った。

「パソコンはお持ちだと思いますが……、これは娘が使っていた物です。これも使ってもらえれば佳菜子も喜ぶと思いますので、よろしければどうぞ使ってやってください」

そう言われ、上島は躊躇《ちゅうちょ》しながらも、快く受け取ることにした。

次いで、宗太郎は懐から封筒を取り出し、上島に手渡しながら続けた。

「これも、どうぞ受け取ってください。たいしたものではありませんが、これは、佳菜子が先生と結婚するために貯金していたものです。ほんの僅かですが、私達の感謝の気持ちも追加させていただきました。どうぞお受け取りください……」

「いや、それは受け取れません。このパソコンだけで充分です」

上島は固辞した。

「ぜひ、受け取ってください。娘が先生との結婚を夢見て貯めていたものです。どうか不憫《ふびん》な娘に免じて、どうか……、お願いします」

峰子からも両手をついて頼まれ、なにがなんでも渡したいという両親の気持ちに圧倒され、上島は困惑してしまった。

「失礼ですが……、生前、佳菜子から聞きましたが、先生は幼い頃にご両親を亡くされ、天涯孤独の身だそうで……、大変ご苦労されて医者になられたそうですね？」

宗太郎の口調が突然親密なものに変わると、まるで独り言のように話し始めた。

「私達はこんな形で、一人娘を失うとは夢にも思っていませんでした。それが本当に残念でなりません。我儘《わがまま》な娘でしたが、君に愛されて幸せだったろうと思います。これで、四條家も終わりですが……、君にはどうか立派な医師になっていただきたい。佳菜子が愛したことを天国で誇れるような、そんな医師になって欲しいのです」

いつの間にか、宗太郎は上島のことを〈先生〉から〈君〉と呼ぶようになっていたが、それはごく自然に感じられた。

上島は小さな声で、「はい」と応えた。

「君のことは……、迷惑かも知れないが、私達夫婦にとっては、この四條家の息子だと思っています。これからは力になりたいので、困った時には遠慮せず、ぜひ連絡してください。それが佳菜子の願いでもあり、私達の幸せに繋がりますから。どうか、娘の分まで幸せになってください。お願いします」

宗太郎は涙を流しながら、ゆっくりだが力強く言った。

上島は黙って頷くよりなかった。

「醜態を見せて申し訳ない……」

涙を拭きながら、宗太郎は上島の目を見詰めた。峰子も嗚咽《おえつ》を漏らしている。上島は二人の娘に対する愛情の深さを改めて感じ、動悸が収まらなかった。それで、とうとう封筒を受け取らざるを得なくなった。

その時、近付いてきた人物がいた。中根刑事である。彼の姿を認めた上島は、〈こんな時に無粋な〉と怒りたくなる気持ちが湧いたが、それはあっけなく収まった。宗太郎が中根に、「やぁ」と言って握手を求めたからである。

「忙しいところをよくきてくれたな！　ありがとう」

宗太郎が中根の手を握ったまま、上島の方を向いた。

「紹介するよ。この人は……」

その言葉を中根は遮った。

「知っているよ。なっ、上島先生。どうも、その節は……」

中根はニコリともせずに言ったが、上島は状況が理解できないでいる。

一言だけ、「はぁ」と、怪訝《けげん》そうな顔をして応えた。

「実は、俺はこの宗太郎とは高校から大学まで一緒の仲でな」

「そうなんです。それで娘が、一体どうしてあんなことになったのか、中根さんに調べていただいたのです」

峰子が追加した。

「こいつは、こう見えても、ベテランの刑事だから」

宗太郎がそう言っても、中根は厳しい表情を崩さない。

大学病院ではどこをどう探しても事件性は無いと思われるのに、刑事がやってきたので、噂話に尾ひれが付き、佳菜子の死になにか不審な点があったのだろうかと噂されていた。

上島はそこでやっと、中根がこの件を担当しているのと、佳菜子を呼び捨てにした理由が理解できた。

佳菜子の骨を拾う際、異常なほどの軽さに胸が詰まり、その軽さに命の重さを感じた。人生の無常さと儚《はかな》さにまた涙を流した。

帰りの電車は空いていた。ぽつねんと車窓を眺めていると、街を取り囲んでいる山々がぼんやりと霞み、まだ飛高市内に居るにもかかわらず、すでに遥か遠くの町になってしまったような錯覚に陥ってしまった。

発車のベルが鳴り、「カコ、さようなら」と、上島が別れを告げると、その言葉を掻き消すかのようにガチャリと連結器の音が鳴り響き、車輪がゆっくりと動き出した。車窓に左肘をつき、移り行く闇に包まれた山並みを見ていると、車輪の軋みが自分の鼓動と同調するように、段々と速く激しくなった。

やがて、景色も騒音も消え、そこに存在しているものはただ一つ、無機物となって空間を漂っている己だけになった。

自宅に戻り、やっと落ち着くと、上島は宗太郎から渡された封筒を開いて驚愕し、身体が震えてしまった。五百万円もの小切手が入っていたからである。だが、それは見間違いであった。一桁多いことに気付くまでには大分時間を要した。

3

九月の末日、上島創は道野正彦が荷物を片付けているのに気付き、驚いてしまった。年末に辞めると聞いていたのに今日付けで辞めると言われたからである。

事前の報告も無かったので。上島は納得せず、問い詰めるように辞める理由を訊いた。

「まあ、色々あって……。後で連絡しようと思っていたんだけれど、とりあえずこれを片付けてから詳しく話すよ」

そう言われ、午後の二時半に、『野菊』で会うことになった。

時間に少し遅れて行くと、道野は週刊誌を読みながら、いつもの席で待っていた。

上島に気付くと、彼はニコリともせず、黙って週刊誌を閉じ、隣の椅子の上に置いた。

ママがすぐに笑顔で水とおしぼりを持ってくる。

上島はコーヒーを注文すると、氷水を一口飲み込み、いきなり本題に入った。

「今日で辞めるって言っていただろう？　突然辞めて、これからどうするつもりなんだ？」

「どうもしないよ。ただ、ちょっと早く辞めたくなっただけさ」

道野の声に張りが無い。

「開業するのが早くなったのか？」

「来年の六月頃のつもりだけど、その前に家族孝行をしようと思ったんだ」

「そうか。それはいいな。じゃ、それまではどうするんだ？」

「あぁ、一応、笠原《かさはら》病院に勤め、あそこで開業のノウハウを勉強するつもりだよ」

道野は窓の外を見詰めたまま、抑揚の無い声で応えた。

「それはいい。君が行けば、笠原先生もきっと大歓迎じゃないかな。それで、いつから行くんだ？」

「来年の一月からのつもりだよ」

「じゃ、これから三ヶ月も……、長い休暇になるじゃないか。大学では休みらしい休みも無しに働かなくてはならない身にとっては、羨ましい限りだな」

上島は笑って言った。

「そうでもないよ」

やはり道野は気の無いような返事しかしない。

「笠原病院には、ほら、君も知っているだろう？　僕の患者だった尾上雪乃さんの娘さんを事務員として雇ってもらったんだ。彼女、身寄りが無いと言っていたから、僕があそこに紹介したんだ。君が行くなら、これから彼女を応援してやってくれないか？」

「えっ、尾上さんの？　そうか……。できたら応援するよ」

道野は少し驚いた様子を見せた。

「おいおい、妙なことを言うじゃないか。できたらなんて、君らしくないな?」

「なんでもないよ。辞めるから、ちょっとナーバスになっているだけだよ」

上島が送別会をすると言うと、道野は明後日には出発するので、時間が無いと言って断った。

上島は随分急な話だと思ったが、そこで諦めた。

上島が行く先を尋ねると、「家族で北海道を一周するつもりだ」と応えられた。

「それは最高じゃないか。丁度、紅葉がきれいな時期だからな。飛行機か?」

「いや、車だよ。フェリーで行くつもりさ。笠原病院の院長が美富野に別荘を持っていて、それを使ったらと言ってくれたから、そこを拠点にあちらこちら回るつもりなんだ」

「そうか、美富野か……。あの先生、いいところに別荘を持っているなあ。あそこなら、どこでも自由に行けるし。いいなぁ、僕も行きたいなぁ」

道野は気乗りのしない態度であったが、上島は深く考えずに喋った。

そう言った途端、上島はふいに佳菜子のことを思い出し、語尾が詰まってしまった。

「どうした?」

今度は道野が尋ねたのだが、上島は佳菜子と二人で北海道へ行く約束をしていたことを言葉にできなかった。

「以前、友美が鬱病《うつびょう》状態になっているって、話したと思うけれど」

突然、暗い表情で話題を変えた。上島は微かに頷く。

「最近はもっと酷くなってしまい、自殺ばかり仄《ほの》めかして、正直、弱っているんだ」

「そうか。だけど、これからはいつも家族が一緒にいられるから、彼女も喜んでいるんじゃないのか？」

「うーん、それが、色々あってさ。この頃ではどう対処したらいいのか分からなくて、困ってしまっているんだ」

嘆くように言う。

「治療は？」

「しているけど、プシコ（精神科）に診てもらう訳にはいかないから……」

「でも、なんとかしないと」

「ＳＳＲＩ（選択的セロトニン再取り込み阻害剤）を使っているんだけれど、効果があったのは最初だけさ。原因を取り除かなきゃ治らないよ」

道野があまりにもあっさりと言い切ったので、上島は拍子抜けした。

脳裏に、彼の子供の姿が浮かんだが、それはどうしようもないことのように思えた。

「実は、本音を言うと、少し前までは、友美をそこまで追い詰めたのは息子だとばかり思い込んでいたんだけれど、実際には僕だったんだって、最近、気付いたんだ。一体、今までなにをしていたんだろうって、考えれば考えるほど哀しくなってくるよ。気付くのが遅過ぎたって……」

そこで道野は深く溜息をついた。

「……そうか」

「僕は口では医者として、人のために尽くしていると言いながら、実際は他人どころか、身内のことも疎《おろそ》かにしていたなんて、まったく情けないよ。最近、やっと、命の大切さが身にしみて分かったんだ」

道野の声は小さかったが、はっきりとした口調であった。

「確かに、僕も命は大切だと思うよ。よく、人間の命は地球より重いと言うけど、そうかもな」

上島は道野の言葉の真の意味が理解できないまま、何気なく言った。

「うん、命には命で償うしかないよな」

道野は呻くように吐露した。上島は妙なことを言うなとは思ったが、あまり深く考えなかった。

「そうだな、僕も佳菜子を失ったからか、余計にそう感じるよ」

「そうだろうな。君の悲しみは君にしか分からないかも知れないけれど、僕にも少しは理解できるよ」

「ありがとう」

「ありがとうなんて言うな！」

「えっ？」

道野があまりにも語気強く言ったので、上島はびっくりした。

「あっ、ごめん、つい、変なことを言って悪かったな。佳菜子さんの死は……」

後の台詞は続かなかった。

「今、警察に詳しく調べてもらっているんだけれど、佳菜子は自殺じゃないようで、どうも事故らしいけど、僕は事故だなんてまず考えられないと思っているんだ」

上島は深い考えも無く言ったが、道野は目を丸くした。

「じゃ、殺されたとでも？」

「いや」

「そうか……」

上島の言葉に道野は急に考え込んでしまった。

なにか、思い当たることでもあるのかと尋ねたが、なにも知らないと応えられ、その道野の言葉を、上島はその時それほど疑問には感じなかった。知らないと言うなら、そう信じるしかなかったのだ。

「とにかく、北海道旅行を楽しんでこいよ。今は、それが一番のようだから」

態度が道野らしくないとは思ったが、上島は話題を変えた。

「あぁ、そうするつもりだ。ありがとう」

「もう少しすると、唐松の紅葉がきれいになるからな」

それには、道野も黙って頷き、視線を窓外に送った。

後日、その日に道野があまり目を合わさずに喋っていたのが、上島にとって疑惑の一つに繋がった。

4

十月の初旬、四條佳菜子が入院していた特別室に警察がきて再捜査された。

病理の中村教授が、〈掌にあった挫創は落下してできたものではなく、落ちる寸前に窓辺のどこかを掴もうとしてできたように思われるので、絶対にその痕跡があるはずだ〉と断言したが、最初の捜査ではそれが見付かっておらず、そこで再捜査がなされたのである。

しかし、それでも彼女の手が傷付いた痕跡は発見されなかった。

どうしても腑に落ちないらしい中根はダミーの人形を使って落下実験をする決意をした。警察の上司や同僚からは、「そんなことをしてもなにも出ないに決まっているから止めとけ」と笑われ、予算も出なかったが、佳菜子の実家がその費用を負担した。

数回実験され、思わぬ結果が出た。佳菜子は自分の部屋から落下したのではなく、隣の七三三号室の、尾上雪乃が入院していた窓辺から落下したことが判明したのである。しかも、そこの窓枠から彼女の血痕が検出された。その部屋からでは間違っても窓から落下するはずがない。それなら事件性があるのではないかとの疑念が持ち上がった。

上島はその事実を聞いて、尾上景子が風呂に行っている間に彼女が留守番をしていて事件に巻き込まれたのだろうと解釈した。

「噂で聞いたんですけど、四條先生は七三三号室から落ちたんですって?」

詰所でぼんやりとしていた上島に、水島五月が話し掛けてきた。

「ああ、そのようだね。理由は分からないけれど、尾上さんの部屋から落ちたらしい」

「そうですか。あの夜は中島さんが亡くなられた夜でしたよね」

「うん」

「あの時、わたし達が中島さんの死後処置をしている時に、尾上さんのナースコールが鳴って、人手が無かったので、道野先生が尾上さんの体位変換をしてくれたのですが、先生からなにか聞かれていませんか?」

「えっ?　僕はなにも聞いていないよ!」

「それは変ですね。四條先生が七三三号室にいたのなら、道野先生はその時に四條先生と会ったはずなのに……」

思ってもいなかった情報に上島は驚いてしまった。

自宅に帰り、ベッドに横になると、道野の沈んだ顔が浮かんだ。その時間に佳菜子が落ちて死んだにもかかわらず、何故、彼は尾上さんの部屋に行ったことを言わなかったのだろうと思った。

そう考えた途端、道野に対する疑惑が持ち上がった。〈まさか〉と思う反面、考えれば考えるほど不審な点が浮かび、急に脈拍が速くなった。

そういえば、佳菜子の件があった後から、彼の態度がどことなく妙だった。会話をする時、視線を合わせることが少なかったような気がする。全体的に元気が無かったし、あれから彼は理由も無く病院を休みがちであった。

しかも、大学病院を急に辞めたのも変だ。道野に会った時、彼は確かに、「ごめん」か「すまん」と謝ったが、なにも謝る理由が無い。もしかしたら佳菜子のことか？　腕に包帯をしていたのはもしかしたら彼女と揉めて傷付いたのかも知れない…、などと考え込んでしまった。

だが、道野は親友であり、佳菜子が自分の恋人であることを知っており、二人の仲を応援してくれているから、彼女を殺すようなことは絶対にしないはずだし、第一、彼女を殺してもなんの得にもならないはずだと考え、深く悩んでしまった。上島は自分の推理の狭間に心が揺らぎ、ついには頭が混乱してまともに考えることができなくなってしまった。

やがて、一人で悩んでいても仕方がないと考え、道野に電話で直接聞いてみるべきだという結論に達した。

翌日、上島は道野の携帯も自宅の電話も、すでに解約されてしまっていることを知った。当然あるべきはずの自分への連絡も、まったく無いことに気付いた。

美富野まで行って、直接問い質したいとも考えたが、北海道中を回ると言っていたことを思い出し、果たして会えるかどうかも分からないので、それもままならなかった。

結果として、道野に対する疑念がまた一つ増えてしまっただけであった。

上島は〈彼が佳菜子の死に関係があるのか?〉と、自問自答しては一人苦悩していた。

あれこれ考えている内に、ふと、彼がどこで開業する予定なのかを聞いていなかったことに気付いた。そこで、急いで病棟に行き、若山看護師長に尋ねることにした。

だが、師長はなにも聞いていないと言い、逆に質問されてしまった。

そこで、愛岐信用金庫が資金を融資したと聞いていたので、自分の患者であった行員の一人に内密に調べてもらい、耳を疑ってしまった。融資の話はまったく無いと言われたからである。

道野のことを調べれば調べるほど、訳が分からなくなってしまう。上島は友人を信じようとする根拠が徐々に失せていかざるを得なくなってしまった。一人で悶々と悩み、時間だけが虚しく過ぎ去った。

中根刑事にそのことを相談しようとも考えたが、道野の名誉のことを思うと、それもなかなか踏み切れない。

道野が留守であることを承知で彼の自宅に向かい、そこでまた驚いてしまった。彼の家は完全に閉じられており、電気のメーターも動いておらず、新聞だけでなく、水道も止められていた。いくら長期の旅行だといっても、水道や電気まで止めて出掛けるというのはあまりにもおかしい。

上島には最早なす術が無くなってしまった。

5

その頃、道野達は美富野でひっそりと過ごしていた。別荘はスキー場の麓にある深い森の中にあった。主に白樺と唐松の樹々に囲まれていて、紅葉が美しいところであった。

道野正彦は皆に別荘を拠点にして、北海道一周の旅行を楽しんでくると言って出掛けてきたが、実際にはコンビニかスーパーに食料を買いに行くか、大雪山系の麓の辺を少しドライブするだけであった。仕事も雑事も過去も忘れようとしていたのである。

息子の友彦も最初の内は不安だったのだろう。両親の傍にぴったりとくっ付いてばかりいたが、日が経つにつれ、別荘の雰囲気に慣れ、一人で遊ぶようになっていた。

二週間ほど経った朝、その日はどんよりと曇っていた。

突然、友彦が大声を上げ、母親の友美に抱き付き窓の外を指差した。見ると、ベランダにエゾリスがきている。

息子は何度も飛び上がり、奇声を上げて歓んだ。

「僕らを見送りにきてくれたのかな?」

正彦が笑顔で言った。

「きっと、そうね」

「なんだか、君は、やけに落ち着いているね」

正彦が友美にそう言うと、

「えぇ、不思議なくらい。あなたは？」

彼女は微かな笑みすら浮かべた。

「うん、僕もさ。君が落ち着いているからかな」

「そう、本当のことを言うとね、早く今日のようにならないかなって、思っていたのよ。おかしいでしょう？」

「そんなことはないよ。僕だってそうだから」

二人はどちらからともなく寄り添い、長い間抱き合った。

友彦は飽きずにリスを見詰めている。

やがて、準備を終えると、彼らは別荘を後にした。

「ここは本当にいいところだったわね」

振り返りながら、友美がつぶやいた。

「あぁ、笠原院長がこの別荘を『忘刻山荘』と名付けた気持ちがなんとなく分かるような気がするね」

「えぇ」

「名残り惜しい？」

「そんなことはないわ。今日はわたし達の新しい門出なのだから……」

「そうだね。じゃ、行こうか」

「はい！」

友美の返事はびっくりするほど大きかった。「ちょっと元気過ぎないか？」と笑って言ったほどである。

彼らはまず美富野の町中に車で向かい、用意していた数個の手荷物を宅配便で送るために、まずコンビニに立ち寄った。後部座席にいる友彦は、別荘の近くで購入した木製の玩具に夢中になっている。

「あら？　この荷物、とても重いわね？　確か、中身は絵本だったわよね？」

友美が一つのダンボール箱を持ち上げながら聞いた。

「あぁ、そうだよ。センターで使ってもらえればと思ってね。古本屋で手に入れたのを、これに詰めて持ってきたんだ」

「そう、きっと、及部秀子先生も喜ぶと思うわ」

「そうだといいな」

「わざわざこちらまで持ってこなくても良かったのに」

「出し忘れたんだ。慌ただしかったし、色々あったから」

「そうね。でも、これおかしくない？　差出人が及部先生本人になっているじゃない？　差出人が自分である荷物が届いたら、戸惑うかも知れないわよ」

友美が首を傾げながら言った。

「そうだよ。でも、もし、これがセンターに届かなかったら、僕のところに送り返されてしまうかも知れないだろう？　そうならないように、差出人を本人にしたのさ。中に〈施設のために自由に使ってください〉と書いた手紙を入れてあるし、今から電話で、荷物を送ったから受け取ってくれと言うつもりだから、その方がいいだろう？」

それで友美は納得した。

宅配の手続きを済ませ、正彦が公衆電話からセンターに電話すると、及部本人が出た。

「子供がお世話になっている者ですが、今日、先生宛にちょっとした手荷物をお送りしましたので、お受け取りいただきたいと思いまして。その荷物の宛先を先生にしましたが、差出人も、つい本人と書いてしまいましたので、誤解がないようにお願いします」

「はぁ、それは分かりましたが、どちら様でしょうか?」

彼女から再度問われたが、彼はそれには応えなかった。

「それを児童のために使ってくだされば幸いです。これからも頑張ってください」

及部はもっとなにか尋ねたかったようであるが、彼はそれを無視して一方的に電話を切ってしまった。

「どうだった?」

「あぁ、喜んで使わせてもらうって。君にもよろしくってさ」

彼は嘘をついた。

「そう、あそこ潰れないといいけど」

「大丈夫だよ! きっとなんとかなるよ」

「そうね。今となっては、そんなこともう心配する必要もないわね。わたし達にできることはなにも無いのだから……」

夫は無言で頷いた。

昼を少し回った頃、彼らは美富野峠に向かって車を走らせた。

別荘を出た時から空は雪が降りそうな雰囲気であったが、遠くの山脈は黒い雲に覆われ、ますます雪の気配が濃厚になりつつあった。

峠の森林はどこまでも続いており、紅葉はほとんど終わっていて寒々しかった。

二人の間にはもう会話は無かった。昼飯も摂らなかった。息子は後部座席で寝ている。友美が、「友彦ちゃん、お昼ご飯を一杯食べるために、お腹の薬を飲もうね」と言って、睡眠剤を飲ませたからだ。

しばらく走ると、正彦は突然左側の小道に入り、山奥へと向かった。そこは舗装もされていない山道で、人影も無く、人家もまったく無かった。正彦はしばらく走ってから車を止め、「ここら辺にしようか」とつぶやくように言った。

友美はただ黙って頷いた。

「ここは、昔、大学の仲間達と一緒にきたことがあるんだ。もう少し奥に入ると、春には水芭蕉が咲くところがあって、とてもきれいだけれど、地元の人でも知っている人は少ないんじゃないかな」

そんな説明をしながら車から降りると、正彦は車のトランクを開けた。友美も手伝った。

「ここは思った以上に素晴らしいところね。あなた、ありがとう」

「ここでいいんだね」

「ええ」

妻の意思を確認し、二人はそのまま寄り添い、激しく唇を重ねた。

その後、用意してあった荷物を手分けして唐松林の中へ運んだ。まず、横になるのに適した場所を選び、そこにビニールシートを敷き、その上に毛布を重ねた。

友美が眠っている友彦を抱いて連れてくる間に、正彦はバッグから色々な道具を取り出し、準備を始めた。

彼女はシートの片隅に座り、友彦を両腕に抱いたまま、黙って夫の手元を見ていた。

彼はラクテートリンゲルの点滴を三セット、三人分用意し、それぞれに薬液を注入した。

それが睡眠導入剤であることを友美は知っていた。次いで、もう三セット生食の点滴を用意し、その中にも他の薬液を注入し、それぞれの点滴を連結した。

「筋弛緩剤？」

「うん。まずこの点滴の中の睡眠導入剤で深く眠り、次にこちらの生食に入れた筋弛緩剤と塩化カリウムで呼吸と心臓を止めるんだ。絶対に苦しまないで逝けるから……」

説明しながら、彼はその点滴セットを唐松の枝に包帯で括り付けると、すぐに後片付けを始めた。友彦を寝かせ、手伝おうとする友美を両手で制し、彼は一人で作業を続けた。

「これで準備はできたけれど、友美、本当にいいんだね？」

すべての準備が整うと、彼は再度聞きながら眼鏡を拭いた。

「はい。あなたは？」

「当然さ。僕はもう覚悟しているよ」

「わたしも」

「ごめんね。友美、君を幸せにしてあげられなくて」

「謝るのはわたしの方よ」

「……」

「その前に少しだけ、わたしを強く抱き締めて」

友美は息子を毛布の上にそっと寝かせ、静かに夫の傍らに寄り添った。彼は彼女を強く抱き締めた。

「愛しているよ！　友美、君に出会えて僕は幸せだったよ」

「わたしもよ！　あなたと一緒に死ねるなんて、これ以上の幸せは無いわ」

二人は抱き合ったまま、流れる涙を拭おうともせず、かなり長い間抱き合った。

「そろそろいいね！」

正彦が友美の耳元で囁いた。

「ええ」

「可哀想だけれど、まず友彦から……」

友美は黙って頷き、寝ている息子を再び抱き上げた。

「友彦ちゃん、ごめんね。天国でパパと三人で仲良く暮らしましょうね」

小さな声で話し掛けた。友彦は静かな寝息を立てている。

「友彦、ごめんな。パパに力が無くて」

正彦も子供の頭を優しく撫でながら謝った。

「ううん、パパのせいじゃないわ。わたしのせいよ。ごめんなさい、情け無いママで」

友美は再び大粒な涙をポロポロ零《こぼ》した。正彦の眼鏡も涙で曇った。

「友彦ちゃんはパパとママの愛の証。あなたがいてくれたから、わたし達の愛が深まったのよ。

ありがとう、わたし達の子供に生まれてきてくれて……」

友美も友彦の頬を優しく撫でながら言った。涙が息子の額に零れ落ちる。

やがて、決心をした正彦は子供の腕を捲《ま》くり、点滴をしようとしたが、同じように点滴で死に至らしめた中島泰治の顔が突然脳裏に浮かび、手がガタガタ震えてしまった。

正彦は心の中で〈中島さんすみませんでした。僕はこれから死をもって償いますから許してください〉と祈った。

「ごめんよ。僕は手が震えて針が刺せないから、君がやって……」

「わたしだってできないわ。あなたがしてくれないと」

彼女は刺し損なうことを心配したのだ。

正彦は用意していたビールと共に精神安定剤を服用し、心が落ち着くのを待った。彼はアルコールと安定剤を併用すると、薬の効果が増強されることを知っていた。

「あら、雪が降ってきたわ」

ふと、友美が空を見上げて言った。

「ああ、そうだね。雪が降ってくれるのはいいな。そうすれば誰にも見付けられずに、来年の春まで君と一緒にここにいられるから」

「誰にも見付からずなんて、ロマンチックだわ」

「なんか、君は楽しそうだね」

「そうよ。これからあなたと永久に一緒にいられるのだから……」

友美は僅かに微笑んだ。

三十分もすると、脳裏から中島泰治の幻影は消え、気持ちも落ち着いた。まず、友彦に点滴をした。手が若干震えてはいたが上手くいった。

正彦は、「じゃ、今度は君が僕に刺して」と自分の右の手首を差し出した。彼女も精神安定剤を服用しており、彼の血管が太かったこともあり、点滴は簡単に入った。薬液はそのまま注入せず、点滴セットをテープで固定したまま、今度は妻の左手首に点滴をし、それもスムーズに入った。

ちらほらと降りはじめた雪は、その勢いを増して、上空を舞っていた。

その後、子供をお互いの真ん中に挟むように身体を移動し、二人は空いている手をつないで横たわり、同時に薬液の注入を開始した。

「これで幸せになれるのね」

「ああ、ありがとう。僕は永遠に君を愛しているからね」

「わたしもよ。あなたには本当に感謝しているわ」

後は言葉が無かった。三人共安らかな寝顔ですぐに永遠の眠りについた。

やがて、一家の哀しみを浄化するかのように、雪はしんしんと降り続き、彼らの身体を優しく覆っていった。

6

春までは誰にも見付からないだろうという正彦と友美の予想は外れた。雪が止んだ翌日、道を通行止めにするかどうかをチェックにきた町役場の職員が無人の車を見付け、それがほとんど雪に埋もれて冷たくなっていた三人の発見に繋がった。

すぐに愛岐大学病院に警察から連絡が入り、上島創もそれを聞いて驚いた。しかし、何故、彼らが心中したのか、詳しい事情が分からない。

新聞では息子の将来を悲観したのだろうということであったが、上島にはそれがどうしても腑に落ちなかったので、中根刑事に聞くために、愛岐警察本部へ足を運んだ。すると彼は驚くほど道野のことを詳しく知っていた。

中根から、遺書は両親宛のものが二通と、笠原病院の院長宛のものが一通だけで、どちらもほとんど同じような内容で、なんとなく子供の将来を悲観してなんだろうくらいしか分からないと教えられた。

さらに、中根は迷っている様子で、死体の発見状況からも自殺と考えて間違いないが、奇妙なことにその理由がはっきりしないと言った。

上島は道野達の自殺の原因に関する情報の少なさにがっかりした。だが、ふと思い立ち、四條佳菜子の死因と道野の関係について、前々から抱いていた疑問を中根に直接ぶつけてみようという気持ちになり、それを説明した。

「実は、わしも道野が関与しているんじゃないかと睨んではいたんだが、これで手掛かりが途絶えてしまったと心配しとる。まさか自殺するとはなぁ」

中根があまりにもあっさりと肯定したので、上島はそれにもびっくりし、「そうですか」としか返事ができなかった。

上島が警察署を出る際、すれ違いに小太りの中年女性が入ってきた。及部秀子である。

彼女はかなり興奮した様子であったが、彼はそれを無視して通り去った。彼女の後ろから二人の若い女性が、ダンボールの箱を重そうに運んで付いてきていた。

彼女が名前を告げると、すでに待機していた係員が数人走り寄ってきた。運んできたダンボール箱を開くと、中にはぎっしりと一万円の札束が詰まっている。誰からともなく軽いどよめきが起こった。

少し離れたところにいた中根がそのざわついた雰囲気に気付き、「あれは何事だ？」と、傍らにいた女性職員に聞いた。

「あの女性のところに多額の寄付金があったらしく、それで相談にみえたようですよ」

「多額って、いくらだ？」

「小耳に挟んだだけですが、なんでも、一億円だそうですよ」

「ほーぅ、それはすごいなぁ。わしもちょっと覗いてみるか」

中根はそうつぶやいて野次馬に加わった。

係員に促され、及部が説明を始めた。

「昨日、これがわたくし宛に送られてきたのですが、あまりにも高額なのに驚きまして、どうしたものかご相談に伺った次第です」

「お宅は、確か、所長さんでしたよね？」

「はい、障碍《しょうがい》児童を対象にした『こころとこころ障碍児童治療教育センター』という施設の所長をいたしております」

「施設への寄付金なら、別に問題は無いんじゃないのかな？」

係員の一人が皆に意見を求めると、そこにいた全員が同意して頷いた。

「そうですか。それから、手紙は匿名で、誰にも言わないようにと書かれていますので、ここだけの話にしていただきたいのですが」

「分かりました。それはなんの問題もありませんよ」

「それで、こんなに高額の寄付金をどなたがお送りくださったのか知りたいのですが、なんとかならないでしょうか？　ぜひお礼を申し上げたいのです」

「所長さんには心当たりが無いのですか？」

「わたくし共の関係者だとは思うのですが、どなたなのか……」

「それなら分かりそうな気がしますがね」

「もしかしたら、友彦君のお父様かも知れないと思いましたが、これは北海道の美富野から送られてきましたので……」

彼女はダンボールの箱に貼られている送り状を指差しながら言った。

「友彦君のお父さんって？」

「愛岐大学病院の道野正彦先生ですが……」

道野という名前を聞き、中根刑事の目が急に鋭くなった。

「どうしてそう思ったのですか？」

中根が身を乗り出して質問した。

「理由は色々あるのですが、道野先生はうちの経営が苦しいことを知っておられましたので……。

それと、内々でしたが、先生にはうちを買っていただくお話がございました。でも、なんらかのご事情で、それができなくなりまして。その折、先生が自分は買えなくなったけれど、わたくし共を応援するから、少しの間施設を売却しないようにとおっしゃっていましたから。それと、絶対とは申せませんが、電話の声の雰囲気がお医者様のような気がしたものですから……」

「電話？　電話があったんかね？」

「ええ、そうです。その時、その方は手荷物をわたくし本人の差出人名で送ったから、気にせず中のものを使ってくれとおっしゃいました」

「本当に、名前は言わなかったのかね？」

「はい、何回かお名前を伺ったのですが、おっしゃいませんでした」

「そうか」

「あと、ダンボールが薬を入れていた物のようで、医療関係の方かと思いまして」

「それがこの箱だね」

「はい、そうです。わたくし共のところに通って来られる医療関係の方は、道野先生のお宅しかありません。ですが、最近、センターに通って来られなくなりましたので、直接お宅に電話でお尋ねしようといたしましたが、連絡が取れませんでした」

「所長さんは、美富野に知り合いはいないのですか？」

一人の係員が質問した。

「おい、おい、美富野から送られてきたからって、送り主がそこの人間とは限らんぞ」

中根が言った。

「この送り主が、所長本人になっているからですか？」

「そうじゃない！　現金の帯封を見てみろ、全部愛岐信用金庫と書かれているじゃないか。そこからこれを手に入れたのはまず間違いないだろ？」

「あっ、そうすると、なんらかの事情で向こうに運び、それからこちらに送ったということですね」

「まぁ、そういうことだな。確か、あんた、及部さんとか言いましたな？」

「はい」

「丁度、今から、わしは愛岐信用金庫に行く用事があるから、これが誰に支払われたものか調べてきてあげようか？」

「はっ、はい。そうしていただければ……」

「じゃ、そうしよう。できたらその現金はこちらに預からせてもらえればありがたいのだが、どうかね？」

「そうしていただけますか？　よろしくお願いいたします」

「中《なか》さんなら大丈夫だよ。怖い顔しているけど、凄腕だから、安心して任せなさい」

誰かが冗談を言い、大笑いになった。及部はそれを聞いて一安心したようだ。

中根は道野が美富野で自殺していたことには触れなかった。

一方、上島は道野が一家心中するほど悩んでいたとは、まったく気付かずにいたことを悔やみ、親友であるはずの自分になぜ相談してくれなかったのかと嘆いていた。

道野一家の葬儀に参列したが、悲しみに浸っている両親に事情を尋ねることもままならず、自分の知っている以上の情報はなにも得ることができなかった。

第七章　夕顔

1

道野一家の葬儀から帰った夜、上島は佳菜子のパソコンを開いてみた。

日記のパスワードは彼女の誕生日だと聞いていたので、すぐに見ることができた。そこには入院中に起きた単純な出来事や症状の変化、食事、見舞い客と戴き物などが書かれているだけで、特別な発見はなにも無かった。

しかし、彼女が自分へのラブレターだと言っていた秘密のファイルの方は、その存在を知っていたが、なかなか探すことができずにいた。やっとそれらしきものを探してもパスワードが分からず、読むことができない。

年が明け、正月の三日目のことである。横になってテレビの歌番組を見ていると、司会者が歌手の荒川賢治を〈あらけん〉と省略した名称で呼んだ時、ふいに佳菜子がパスワードのヒント、〈英字だけの六文字であること、彼女が自分と結婚すれば名字が変わるから、そこで頭を使う〉と言っていたことを思い出した。

それで、ふと、一つのパスワードが頭に浮かんだ。それを確かめるべく、彼女のパソコンを取り出してチェックすると、果たせるかな、それがずばり的中した。パスワードは『uekana』であった。上島と結婚すれば彼女の名前が上島佳菜子となるので、上島の〈上〉と佳菜子の〈佳菜〉を使ったものであった。そこに一抹の寂しさを感じたが、それは序曲に過ぎなかった。

秘密のファイルと言っても、その中身はほとんどが上島を恋する乙女らしい内容であったが、最後に書かれていた文章を読んで彼は驚愕し、身体が震えた。

そこには、メモ形式で次のように書かれていた。

・先ほど、詰所に行くと、道野先生が一人で点滴を詰めていた。

・道野先生が詰めていたのは睡眠誘導体（二アンプル）とオペに使う筋弛緩剤（これは三アンプルだと思う）と、塩化カリウム（多分、四アンプル）だったけれど、そんなものを注射すれば、とても危険で、誰でも死に至ってしまう。それを確認するために、それぞれのアンプルを一つずつ捨てられていたゴミ箱から拾ってきた。

・そのすぐ後に眠剤を持ってきた看護師が、道野先生の患者（誰かは不明）が、今、死亡したと言っていたので、その点滴と関係があるのかどうか不安だ。

・明日、道野先生に直接聞いてみよう。なんとなく胸騒ぎがする。

・緊張したせいか痛みが取れてきた。これなら、景子さんの留守番をしてあげられそう。

・創さん早く帰ってきて。

上島にはそれらの薬物が誰に使用されたものであるか、すぐに推察できた。その日に亡くなったのは、道野の患者・中島泰治だけであったからだ。

しかし、何故、彼が中島を死に追いやったのかは理解できない。中島はそんな薬剤を使用しなくても、どうせすぐに死ぬはずの状態だと知っていたからである。

もう一つ、彼女が拾ってきたはずの注射のアンプルの行方が分からない。だが、そのアンプルは彼女が死んだ後、看護師が部屋にあったのを見付け、なんの疑問も持たずに捨ててしまったのを彼は知らなかった。

このメモの存在により、上島は道野の死と中島の死になんらかの繋がりがあるのかも知れないと推察できたが、佳菜子の死とそれがどう関係しているのかについてはどうしても分からなかった。

道野が死んでしまった今となっては、その事実を確かめることなど到底できるはずもなく、上島は部屋の明かりを消して真っ暗にして叫んだ。

「おーい、道野君！　なんでもいいから、返事をしてくれー！」

暗闇に向かい、何度も悲痛な声をあげたが、当然、なんの返事も無く、無念さが募るばかりであった。


大学病院の外来は一月四日から始まる。上島は講師になり、外来主任を担当していた。

その日の午後、上島が外来を終えて医局に戻ると、受付の女性から面会を希望している人がいると告げられた。もし、ＭＲ（Medical Representative／医薬品メーカーの医療情報担当者）関係の人なら、忙しいと言って断わろうと思ったが、その人物が尾上景子と聞いて少し驚いた。彼女はあれから一度も連絡してこなかったし、彼も色々な出来事の中ですっかり忘れてしまっていた。

急いで受付に向かうと、景子が嬉しそうに笑顔で待っていた。

「その節は大変お世話になりまして、これは詰まらない物ですが……」

彼女は風呂敷に包まれた手土産を差し出した。

「いや、そういう物は受け取れないことになっていますので」

「そう言われますと困ります。なんとか、先生にお礼をしたいのですが」

「お礼なんていりませんよ。あなたが笑顔で会いにきてくれただけで充分です。それより、良かったら、一緒にコーヒーでもどうですか？」

その提案に、彼女は一度目は遠慮したが、二度目の誘いには同意した。

それで、病院の裏側にある喫茶『野菊』でということになった。

医局に戻った上島は私服に着替えようと、自分のロッカーを開けた瞬間、景子の母、尾上雪乃から預かっていた封筒のことを思い出した。彼女から〈自分が死んだ後、この封筒の手紙を読んで、わたしの頼みをぜひ聞いてください〉と依頼されていたものである。

失念していたことを反省しながらも、すぐにロッカーの奥から封筒を取り出し、その場で開封して読んだ。

そこには弱々しい筆跡で、次のように書かれていた。

前　略
上島先生には本当にお世話になり、心より感謝いたしております。お陰様でわたしは安心して入院していることができます。

早速ですが、これからお願いすることは、ご迷惑なことと存じますが、わたしには他に相談できる方がございませんので、なにとぞお許しくださいませ。

わたくし共が愛岐市にまいりましたのは、他でもありません。娘の景子のためです。わたしは余命いくばくも無いことを知らされ、わたしの死後、天涯孤独になってしまう娘の将来を心配したからです。

不甲斐無いわたしのせいで、娘の将来を奪ってしまったことを深く反省いたしております。実は、景子には秘密にしておりますが、本当の父親は戸籍上の父親ではなく、白州川観光グループの代表である中島泰治という方なのです。

その方に、こちらの事情を手紙で説明し、助けを求めましたところ、面談を了承するとのご返事をいただきました。

それでこの愛岐市にやってまいりましたのですが、わたしの転倒骨折という不慮の事故で、緊急入院することになってしまい、先様の処へ行くことができませんでした。

先様にお電話を差し上げたのですが、何故か連絡が取れず、困り果ててしまいました。

更に、もう一つ問題がございまして、景子は育ての父親が大好きでしたので、その気持ちも壊したくありません。

それで、わたしの我儘《わがまま》ですが、娘が中島氏の実子であることは秘密にしたまま、中島氏が父親の昔の友人だということにして、傍で働かせていただき、結婚するまで見守っていただきたいと願っております。このことは先様にお伝えし、了承を得ています。

まことに勝手なお願いであることは重々承知いたしておりますが、是非、わたしの気持ちをお汲み取りくださいまして、上島先生になんとかそのご手配をしていただきたいと思い、これを書きました。

何卒、よろしくお願い申し上げます。

早々頓首

尾上雪乃

上島はこれを読んで、少なからずショックを受けた。景子の実の父親が中島泰治だと知り、驚かざるを得なかった。

しかし、肝心の中島泰治がすでに死亡してしまっているので、どうしたら良いのか、簡単には結論が出せない。

彼はそれから後、もっと驚きの事態が続くことにまだ気付いていなかった。

2

上島は雪乃の手紙に対する結論が出せないまま、喫茶『野菊』に入って行った。不思議なことに、偶然、景子は道野がいつも座っていた席で待っていた。

ママは上島を見て、なにか声を掛けようとしたが、女性と待ち合わせているのに気付き、軽い挨拶をしただけであった。

上島がコーヒーを注文し、状況を尋ねると、景子はすぐに話し始めた。

「わたしは母が亡くなってから、ただ死んだように毎日寝てばかりいました」

「そう、付き添いが大変だったからね」

「その節は、先生に色々と助けていただき、本当に感謝いたしております。ご恩は一生忘れません」

彼女は笑顔で頭をさげた。

「僕も、君達のことは一生忘れられないと思うよ。特に君は素晴らしいと言うか、すごい人だから。君のような付き添いができる人は後にも先にもいないと思うよ」

彼は運ばれてきたコーヒーを一口だけ飲んだ。

「そんなことはありません。すべて先生のお陰です。わたしは自分なりにできることをしただけですから、そうおっしゃられましても……」

景子ははにかんだ。

「ところで、仕事の方はどうですか？」

「まだ働き出したばかりですが、職場の皆さんからご親切にしていただいていますので、なんとかやって行けそうです」

「そう、それは良かった。君なら美人で有能だから、どこへ行っても大切にされるよ」

「そんなに誉められますと、わたし、とても恥ずかしいです」

上島は彼女が今日は笠原病院の仕事で困っていることがあったら、相談に乗ろうと思っていたのだが、どうやらなにも心配は無いようだと感じた。

上島は、なにをどう言ったらいいのか迷っていた。

「あのー、これから、もし困ったことがありましたら、先生にご相談させていただいてもよろし

ないのでしょうか、それに頼りにできる方がいませんので、

「それはかまわないよ。僕で良ければ、いつでもなんでも遠慮なく言ってきてください」

上島は笑顔で応えた。

「ありがとうございます。先生もご存じのように、わたしには頼りにできる方がいませんので、そうおっしゃっていただけますと、とても安心で嬉しいです」

その時、上島はふいに今が話を切り出すチャンスだと思った。

「そうだ、相談できる人と言えばね」

「はぁ?」

「君のお母さんが君を連れて、愛岐市にきた理由を知っている?」

「いえ、知りません。母はなにも言いませんでしたので……」

「そう。僕がお母さんから聞いた話では、君のお父さんの古い友人がこの町に住んでいて、その方を頼ってきたようだよ」

「えっ?　それは初耳ですが。いつ、そんなことを聞かれたのですか?」

景子は驚いた表情を隠さない。

「勿論、入院している時にだよ。その時、君は傍に居なかったかなぁ」

上島はとぼけた。

「そうですか」

「うん、少なくともそれがこの町にきた理由の一つなのは確かだよ」

「父の友人って、どなたでしょうか?　先生はその方をご存じですか?」

「知っていると言えば知っている人だけれど」

「どなたですか？　わたしはそんな方がいらっしゃるなんて、聞いたことがありませんが……」

「僕も詳しいことは知らないんだ。それより、一緒に付いて行ってあげるから、一度、その人と会ってみない？」

肝心の父親である泰治はすでに亡くなっていることを承知していながら、そのことを秘密にして言った。彼女は迷っていたが、上島の強い勧めで、会うことになった。

上島は、これで雪乃に頼まれたことが果たせると一安心し、椅子にもたれかかり一息ついたが、コーヒーはすでに冷めていた。

「それじゃ、明日にでも早速先方に連絡して、日時を決めるから、それでいいよね？　勿論、君の都合も考慮するから安心して」

「はい。月初めですが、わたしはまだ病院のレセプト（保険請求）事務には関与させていただいていませんので、いつでも休めると思います」

普通、どこの病院でも月初めは保険請求で事務が最も忙しいはずなので、彼はそれを聞いて安心し、これで用事は済んだと思った。

しかし、その後の景子の台詞が上島を心底驚かせた。

「ところで、四條佳菜子さんはお元気ですか？」

と尋ねられたからだ。景子は佳菜子が死んだことを当然知っているものと考えていたので、彼は困惑してしまった。

「どうかされたのですか？」

景子は上島がすぐに返事をしないのを訝《いぶか》った。

「あぁ、実は……、君は知っているとは思っていたんだけれど、彼女は亡くなったんだ」

「えぇ！　いつですか？」

彼女は目を丸くした。

「君のお母さんが亡くなった前日の夜中に」

「えっ、本当ですか？」

「うん」

上島は微かに頷《うなず》いた。

「知りませんでした。それは……、なんと言ったらいいのか。でも、どうして……？」

「彼女、病気で亡くなったんじゃないんだ」

「えぇっ！　じゃ、なんで亡くなられたんですか？」

「まだはっきりしていないけれど、病室の窓から落ちて死んだんだ……」

彼は景子の母が入院していた部屋の窓から落ちて死んだことを、言うべきかどうか判断できずにいた。どんな状況を想定しても、佳菜子が事故で窓から落下するはずがないから、必ず事件性があると思い込んでいたので、景子にどのように話したらいいのか迷ったのである。

景子は驚きのあまり声が出なかった。

「最初は事故というか、過って転落したのだと思われたのだけれど、どうしてそうなったのか分からなくて……」

少しの間沈黙があった。

「あのー、さっき、わたしの母が亡くなった前の夜と言われましたよね？」

「うん」

「いつ頃ですか？」

「多分、夜中の十二時から一時の間じゃないかな」

「じゃ……」

景子がそうつぶやいたことを、上島は聞き逃さなかった。

「えっ？『じゃ』って、君、なにか知っているの？」

「多分、その夜はわたしが道野先生と一緒に母の体位を交換して、それからお風呂に行きました。その後で四條さんが母の傍に付いていてくれたと思いますが……」

上島はそれを聞いて納得し、思わず身を乗り出した。

そんな彼を無視して景子は話し続けた。

「わたしが帰った時には、四條さんはもう部屋に戻られていて……、奇妙だなと思いました。いつもなら、わたしが帰るまで待っていてくれるはずだからです」

「それじゃ、直接には会っていないの？」

「はい」

「それでは、彼女が君の部屋にきたのかどうか分からないじゃない？」

「いいえ、分かります。窓が開けっ放しになっていたからです。四條さんしか窓は開けないはずですから。絶対にきたはずです」

「そう、それで、その時、なにか変わったことは無かった？」

「別に……、雨が降っていましたが、特になにもありませんでした」

「ふーん」

「それで、窓を閉めて、わたしはすぐに寝てしまいました」

「他には？」

「ありません」

「そうか…」

「あっ！　でも……」

「えっ、なに？」

「特別なことではありませんが、わたしがお風呂から帰ってきた時、廊下で男の方とすれ違いました」

「えっ、本当に？」

上島は驚いて目を見開いた。

「はい。その方は慌てていたようで、わたしにぶつかりました。その時、少し変だなと思いましたので、それで覚えているのですが……」

「その人はどちらからどちらへ行ったの？」

「北側の廊下の西の奥の方から、中央にある洗面所を横切って、南側の廊下の方に小走りに走って行かれました。多分ですが、四條さんの部屋の方からきたような気がします」

「君達の部屋から出てきたのではないの？」

「そうかも知れませんが、出てくるところは見ていませんので……」

「そう、それで、どんな人だった?」

「前に何度か病院の廊下で見たことのある方でした。背広をきちんと着た三十代半ばの、紳士的な方です」

「それじゃ、病院の関係者とか、患者さんじゃないね? 誰のところにきていたのか知っている?」

「いえ、知りません」

「そうか……」

上島は考え込んだ。その姿を見て景子が言った。

「あのぅ、わたしはその方の顔を今でも覚えていると思います。会えばきっと分かると思うのですが。その方がどうかされたのですか?」

上島の真剣さに少し怯えた表情である。

「その人が佳菜子の死に関係があるかどうかは分からないけれど、他人の病室に、それも深夜に入るなんて、普通ではあり得ないことだから」

「そうですね。ごめんなさい」

「君が謝ることなんかないよ。むしろ感謝しているよ。実は、佳菜子は事故じゃなくて誰かに殺されたのではないかと内心では思っているんだ。でも、それは不確かな話で、僕だけの考えなんだ。殺されたとしても、その動機も分からないからね」

「そうですか。わたしは四條さんが亡くなられたことも知らなくて申し訳ありません」

「きっと、それはすごい情報だと思うから、一度、警察にその話をしてくれないかな?」

「いいですよ。わたしは先生のお役に立てるのなら、なんでもします」

「きっと、役に立つよ。今日は君に会えて本当に良かった。本当にありがとう」

上島が右手を差し出して握手を求めると、景子も喜んで応えた。

コーヒー代を支払い、景子と一緒に店を出ようとすると、

「ちょっと、大事な預かり物がありますので」

とママに引き止められた。

上島は景子を先に帰した。再び店内に戻り、用件を尋ねた。ママは黙ってレジの下から茶封筒を取り出した。

それを見て、上島はまた驚いてしまった。封筒が第三内科の医局専用のもので、それが自分宛で、差出人が道野正彦となっていたからである。

「これは……?」

「ええ、道野先生から上島先生に、直接手渡すようにお預かりしていたものです」

「いつ?」

「確か、道野先生が北海道に行かれる前日でした」

「そう、でも、どうしてもっと早く渡してくれなかったの?」

「ごめんなさい。でも、道野先生が、必ず、年が明けてから渡すようにと強く念を押されたものですから……。わたしなりにどうしようか迷ったのですけれど、結局は道野先生のご希望通りにした方がよろしいのではないかと思いまして……」

「ふーん」

「この俳句を自分なりに解釈したから、先生に読んで欲しいとのことでした」

ママは上島の俳句〈夕顔や人に告げたき話あり〉と書かれている短冊を指差した。

「そうか。でも、ママは道野君が北海道で亡くなったことを知っているよね？」

「はぃ」

「だったら、今更遅いけど、もっと早く渡して欲しかったな」

上島が嘆き気味に言った。

「これを道野先生からお預かりした時、先生が、〈僕がいる時に読まれると恥ずかしいから、来年、僕が笠原病院に行ってから渡すように。絶対に来年でないと駄目だよ。たとえ、僕が死んでもだよ〉と強くおっしゃいましたので、わたしはなんの疑問も持たずに、そうしますとお約束したのです。それで……、ごめんなさい」

ママがすまなさそうに小さな声で謝った。

「いや、謝らなくてもいいよ。単純にそう思っただけだから。ここですぐ読みたいから、ちょっと、あそこを借りるよ」

上島は先ほど景子と座っていたテーブルを示した。

道野の手紙には、驚愕するような内容が記されていた。


創君、君がこの手紙を読む頃には、僕達の家族はもうこの世にいないと思います。

君になにも言わず、なにも相談しないまま、このような結果になってしまって、きっと、情けない奴だと憤慨していると思うけれど、僕は僕なりに、必死に考えに考え、悩みに悩んだ末に出した結論と行動だから、許してくれとは言えないまでも、せめて君だけには理解して欲しいと願い、これを書いています。

こうなった一番の原因は、やはり息子の友彦の将来を心配して、妻の友美がノイローゼになってしまい、彼女が死を強く希望したことが発端です。

しかし、そんなことは僕さえ頑張ればなんとかなると思っていたのですが、僕の愚かな行動でそれが無理な状況に陥ってしまいました。

これから僕の告げること驚かないでください。

実は、今更、後悔しても遅いけれど、僕は金のために、受け持ち患者の中島泰治さんの死を薬物で早めてしまいました。

息子と妻の将来をどうしようかと悩んでいる時に、悪魔の誘惑があり、それについ乗ってしまったのです。〈家族を守るためだ〉、〈どうせ中島さんは余命幾ばくも無い人だ〉、〈立場的に僕なら絶対に疑われないから大丈夫だ〉と自分自身を納得させ、実行してしまったのだけれど、後は罪の意識に苛《さいな》まれ、後悔の念が募るばかりで、とうとうこのまま生きて行くのがいやになってしまいました。

理由はどうであれ、たとえ短い命であってもそれを奪ってしまうことなど許されるはずもなく、ましてや、医師なら尚更してはいけない行為であったと悩み、苦しみました。

それで、今までは〈耐えれば花〉だと思って耐えてきたつもりだけれど、とうとうそれも限界に達してしまいました。

それともう一つ、君の恋人の四條佳菜子さんの死のことだけれど、もしかしたら、僕の犯した行為と関係があるかも知れないと思ったのも、悩みの一因です。

僕は四條さんの死を事故による転落死だと最初は思っていたけれど、君から不審の念があると聞いた時、もしかしたらと思い、一人思い当たる人物が浮かび、本人に直接確かめたのだけれど、強く否定され、証拠も無いので、どうしようもありませんでした。

その人が殺したのではないかとの疑念を抱いたのは、僕が中島さんを殺した時に使用した薬を偶然四條さんに知られてしまっただけでなく、そのアンプルを彼女に持って行かれたとその人に言ってしまったからです。

考えれば考えるほど、その人に対する疑惑は募るばかりで、僕も知らない内に加担してしまったのかと思うと、情けなくて、もう死を以て償うしか無いという結論に達してしまいました。

そんな今でも、僕が親友と呼べるのは君だけです。大切な君の哀しみを深め、苦しめる結果になってしまい、悔やんでも悔やみ切れません。

謝っても謝り切れないことは充分承知しています。許して欲しいなんてとても言えませんが、せめて君には真実を伝えておきたいと思い、こうしてペンを執りました。

君の〈夕顔や人に告げたき話あり〉の俳句は、最近の僕の心情に哀しいほどぴったりでした。

以前、君と話した通り、生きて行くということは、確かに心が濁ってしまうことだとは思うけれど、君だけは僕のように黒くは濁らず、夕顔の白さに恥じないように、白く濁るだけの人生であって欲しいと願っています。

君が長い間、こんな僕を助けてくれ、勇気付けてくれたことを心から感謝しています。

君に出会えたことは僕の一生の宝だと思っています。

これから、あの世に逝くことで、僕が迷惑を掛けてしまった皆さんにお詫びするつもりです。本当にすまないと思っています。どうか許してください。

道野正彦

上島はこれを読んで、顔面は蒼白になり、全身が震え、滂沱《ぼうだ》として涙が流れるのを抑え切れなかった。

次から次へと判明してくる事実に、彼は驚愕するばかりであった。

ふいに、上島は何故か、喫茶店の前に咲いていたあの日の白い夕顔が、佳菜子その人の面差しに似ていた気がした。

3

上島は道野の手紙を警察に届けるべきかどうか悩んだ。しかし、落ち着いてゆっくり考えてから結論を出すべきだと思い、しばらく様子を見ることにした。

景子が大学病院に訪ねてきた翌日の一月五日、上島は白州川観光ホテルに電話を入れたが、会長は留守であった。それで、愛岐大学附属病院第三内科の者だと名乗り、〈個人的な話なので、後日、また改めて電話します〉と告げた。電話を切ろうとすると、〈お差し支えなければ、お名前と電話番号をお伺いできますでしょうか?〉と聞かれたので、自分の名前と携帯番号を教えた。

すると、その夜、中島博司から電話が入った。彼は上島創が高校時代の同級生で大学病院の第三内科にいることを知っていたので、胸騒ぎを覚えていた。

上島は相手が〈会長の中島博司です〉と名乗ったので、初めて彼が後継者になっていることを知った。

上島が〈中島泰治の娘さんの件で会いたい〉旨を告げると、電話口で博司は少なからず迷った様子であったが、結局は面会することを了承した。

その結果、白州川観光ホテルで翌日、六日の午前十時に会うことになったが、博司の最後の言葉はくぐもって聞こえた。

すぐに景子に連絡を入れ、翌朝の九時にホテルで落ち合った。フロント横のコーヒーショップでコーヒーを飲みながら、どのように行動するか作戦を立てようとしたのである。

「今日はこんなところに呼び出して良かったですか？」

「はい、素敵なところで……、先生とご一緒できるなんて幸せです」

景子は嬉しそうな表情を隠さなかったが、上島の表情は勝れなかった。

「今日、どういう風に話を持っていったらいいのか。まだ結論が出ていないんで」

「なんでもいいです。わたしは先生の指示に従いますから」

なにも事情を知らない景子は少しはしゃぎ気味に話を遮るようにして喋った。彼女にとっては、父の友人であるという中島と会うことより、上島と一緒にいられることの方が大切なのだ。

一方、上島は、〈実の父親は中島泰治であり、もう亡くなっている〉という真実を、景子に秘密のままにするべきか告げるべきかを悩んでいた。そこで、まず自分が一人で中島と会い、相談した上で決めようと考えていたのだが、結果がどうなるか心配していた。結果次第では景子の気持ちを揺るがしかねないし、また、事前にそのことを詳しく説明できないもどかしさもあった。

そんな二人は、少し離れたテーブルから目付きの鋭い男が四人、自分達と玄関を交互に見詰めていることなどまったく気付いていていなかった。

約束の時間が近付くと、上島は〈出たとこ勝負だ〉と決心した。

「そろそろ時間だから、君はここで待っていて。会長との話が終わったら、すぐに君の携帯に電話するから、僕の指示に従って」

上島がそう指示した瞬間、景子が玄関の方を指差し、〈あっ！〉と小さな悲鳴のような声を上げたので、彼は何事かと思った。

「先生！　ほら！　あの方……」

彼女は酷《ひど》く焦っている。指差す方向を見ると、一人の男が丁度玄関から入ってくるところであった。ページボーイがその人物にうやうやしく頭をさげている。

「どうしたの？」

「ほら！　あの、今、玄関から入ってきた、紺の背広を着ている方……」

「あれは同級生の中島君だけれど、どうかした？」

「あの人です！　あの夜、廊下でわたしとぶつかった男の方……」

「えっ！　本当に？　間違いじゃないの？」

「はい、絶対にあの方です」

彼女の返事が終わるか終わらない内に、上島は慌てて立ち上がり、確かめるべく近付こうとした。

だが、その瞬間、

「おい、先生、待ちな！」

と後ろから低いだみ声で肩を制した者がいた。

驚いて振り返ると、そこに中根刑事が厳しい目をして立っていた。上島は驚きのあまり声が出ない。

「わしらの邪魔をしないように！」

中根はそう言い放つと、そのまま仲間と一緒に、玄関の方へ小走りに向かった。その時初めて上島は中根達がいたことに気付いた。慌てて後を追う。

すると、刑事達は景子の指摘した人物の前に立ちはだかった。

「わしらは愛岐警察署の者だけど、あんたは中島博司さんだよね！」

警察手帳を提示した。物言いは静かだが、有無を言わせないような雰囲気を漂わせている。

「そ、そうですが……」

博司は口籠った。

「四條佳菜子さんの件でちょっと聞きたいことがあるから、署まで同行してくれんかね？」

中根刑事の言葉を聞き、上島は心臓が止まりそうになった。聞き間違いではないかとさえ思った。

再確認しようとしたが、とても口を挟めるような状況ではなく、刑事達の厳しさに圧倒され、傍らで黙って見ているより他なかった。

「あんたは、わしらが何故ここにきたか分かっていると思うけど、どうするかね？」

「分かっているって、な、なにをですか？」

博司は明らかにオドオドしている。

「もうとぼけても無駄だよ。証拠はあがっているんだから。ここで任意同行にするか、逮捕にするかはあんた次第だよ。わしらはどちらでもいいんだよ」

中根はぶっきらぼうに告げた。

「このまますぐにですか？」

「そうだ」

そう断言され、博司は抵抗するのを諦めて覚悟したようだ。

「はい、行きます……」

小さな声でうなだれた。

「じゃ、行こうか」

彼らがホテルを出て行こうとしたので、上島は慌てて中根に声を掛けた。

しかし、振り返った彼は、「その人が佳菜子殺しの犯人なのですか？」と聞こうとする意図をいち早く察し、上島に一瞥をくれ、〈黙っていろ！〉と目で合図した。

4

中島博司はパトカーで連行されている時には肩を落とし、すでに覚悟していた。

『四條佳菜子殺人事件』の特別捜査本部長は、博司の取調べの担当を中根と彼の相棒の若い刑事に任せた。彼の事件に対する知見の深さと、落としの実力を高く評価していたのだ。

博司が連行された取調室は三畳程度の広さで窓も無く、ストーブが置かれてはいたが、灯されておらずとても寒々しかった。彼は言いようのない圧迫感に胸が押し潰されそうになっていた。

中根はいきなり本題から入った。

「あんたは四條佳菜子さんを、大学病院の病室の窓から落として殺したな？」

「……………」

博司は言葉にならず、黙っている。

「証拠はあがっているのだから、もう観念して素直に吐いたらどうだ？」

「……………」

「まず、動機から始めようか。どうして四條さんを手に掛けたんだ？」

「……………」

「なんとか言ったらどうなんだ！」

中根はいきなり大声を上げた。

「はあ……」

「はあ、じゃない！」

「はい」

博司はすでに素直に白状しようとしていたが、なにから言ったら良いのか分からず、困惑していただけであった。

「申し訳ありません……。もう少しだけ待ってください。頭を整理してから、すべてをお話し……、しますから……」

博司は急に身体をガタガタ震わせ、うなだれたまま中根の顔も見ずに途切れ途切れに言った。

彼が目に涙を浮かべているのを見て、中根は完落ちすると確信した。中根は博司をもっと図太い人間だと思っていたのだが、あまりにもあっけないので意外に感じた。考えていたよりも純情な人物であったのだ。

「じゃ、少し待ってやるから、落ち着いたら、素直に話すんだな」

中根は若い刑事の方をちらりと見て、目で合図した。

博司は一言、「はぃ」と蚊の鳴くような声で返事をした。

目の前のなにも置かれていない机の上を、神妙な態度でじっと見詰め、しばらく沈黙していたが、やがて、深々と頭をさげ、小さな声で話し始めた。

「申し訳ありませんでした。本当に大変なことをしてしまいました」

「おう……」

「どこから話せばいいのか分かりませんが……。四條さんのことをお話しする前に、まず、義父のことからお話ししなければなりません」

「うん?」

中根はわざと怪訝《けげん》そうな表情を作り、彼の顔を見詰めた。

「あの頃の義父は重症な肝臓病で、余命幾ばくも無い状態でしたが……、丁度その頃に隠し子がいることが判明したのが、そもそもの切っ掛けでした」

「それで?」

中根は平然と聞いていたが、思わぬ話の展開に内心では秘かに驚いていた。まだ殺しの動機がはっきりしていなかったからである。

「義父には子供がありませんでしたので、私が大学を卒業すると同時に養子になり、白州川観光ホテルに入社したのですが、一年ほど前に義父との話し合いで事業を含めた遺産のすべてを私が相続することに決まっていたのです。しかし、実子であるという隠し子の存在が突然分かりまして……。その子の存在すら知らなかった義父は非常に喜び、具体的な額は申しませんでしたが、まだ会ってもいないのに遺産の大部分を譲ると言い出しまして……」

「ほう、それで?」

「しかし、しばらくの間はなんの連絡も無く、上手くいけばそれまでに義父は知力が低下してしまうか、死んでしまうだろうと安心していたのですが、やはり先方から連絡がありまして……。それで、どうしようかと迷ったのですが……、私はこのままでは、今まで苦労して築き上げたものをすべて失ってしまうと思い、焦りました」

「そうか……」

「義父は頑固な人でしたので、もし、意識のある内に隠し子に対面してしまえば、必ず遺言書を書き直してしまうと……、悩んだあげく、そうなる前に、誰かに義父の命を縮めてもらうしか手立ては無いという恐ろしい結論に達してしまいました。そして、証拠を残さず実行できる人間は主治医である道野君しかいないと思い、彼に無理矢理頼み込みました」

「そうか、ところで、遺言にはなんと書いてあったんだ?」

博司がふいにボロボロと涙を流した。

「どうした?」

「遺言には……、一年前に決まっていた通り、遺産は私に遺すと書かれていました」

「その隠し子には？」

「義父の生命保険をやれと。親子関係が証明されたら、二億円くらい、証明されなかったら三千万円くらいを渡すようにと書かれていました。そして、親父さんは……、遺産は決して分散させてはならないとの注意書きがあり、私にしっかり頑張れと付記されていました。その内容を生前に知っていたら、こんなことにはならなかったのに……。本当に、本当に申し訳ないことをしてしまいました……」

博司は全身を震わせ、机に臥《ふ》せって号泣した。

「おい、ハンカチ！」

中根が若い刑事に向かって指示すると、彼は慌ててハンカチを手渡した。

「残念だったな。親父さんをもっと信用していればな……」

中根は立ち上がり、涙を拭いている博司の肩に手を置いた。

「はい、残念です……」

博司は呻いた。中根は彼が落ち着いたと見るや、さらに追及した。

「それから、どうした？」

「道野君がどうやって義父を死に至らしめたのか、詳しくは分かりません。義父が死んだ日にナースステーションに死亡診断書を受け取りに行きましたら、彼が青ざめていました。理由を尋ねますと、〈使った注射のアンプルを特別室に入院している四條佳菜子さんに持っていかれたようなので、きっと、バレてしまうから、もう終わりだ。諦めよう〉と言われました」

「どうして四條さんが、アンプルを持って行ったと分かったんだ？」

「道野君が言うには、使った注射のアンプルを一旦ゴミ箱に捨てておいて、後からこっそり片付けようとしたそうですが、病室から戻った時に無くなっていたそうです。その場には四條さんしかいなかったから、そんな物を持って行くのは彼女しかいないと判断したのだそうです」

「そんなことが命取りになるなんて……、可哀想に……」

中根の脳裏に、幼い頃の佳菜子の笑顔が浮かんだ。

「申し訳ありません」

「いまさら謝っても、もう遅い！　それで？」

中根はつい厳しい口調になった。

「私がもう一度、どういうことなんだと聞くと、道野君は、〈彼女は医者だから、使った薬の成分からそれを殺しに使ったのがすぐに分かってしまう〉と言って、すでに諦めたような態度でした。しかし、私は諦め切れませんでした……」

博司は天井を仰いで一息吐いてから、話し続けた。

「そこで、四條さんの病室を覗いて、証拠となる注射のアンプルをお金でなんとかしてもらおうと思いまして、もし断られたら無理矢理でも奪ってこようと思いました」

「病室に入ったんだな？」

「はい」

「その時の様子は？」

「部屋は真っ暗で誰もいませんでした。暗くてアンプルも見つかりませんでした」

「そうか」

「部屋から出て隣の部屋の前を通った時、そこに親父さんの昔の恋人が入院しており、隠し子の娘さんが付き添っているのを知っていたので、何故か急にちょっとだけ覗いて見たくなってしまったのです」

「それでどうした？」

「そっと覗きましたら、患者は布団を被って寝ており、若い女性が窓を開けて外を見ていました。その女性が義父の子供だと思い、親父さんが死んでも多額の財産が奪われると思いましたら、頭の中が真っ白になり、咄嗟《とっさ》に後ろから無我夢中で抱え上げ、窓からそのまま落としてしまいました。申し訳ありません……」

博司は何度も頭をさげて謝った。

「悲鳴はあげたかね？」

「いえ、あげませんでした。あの人は自分の身になにが起こったのか分からず、驚いたような目をしていました。今でもその時の目が頭に焼き付いて忘れることができません」

「その女性が尾上景子さんではなくて、四條佳菜子さんだとは思わなかったのか？」

「はい。後で新聞を見てびっくりしました」

「道野には、四條さんを殺したことを言ったのかね？」

「いいえ。後から電話で、〈四條さんを殺したのか？〉と詰問されましたが、なにも言いませんでした。弱気になっていた彼の口からバレるのが怖かったのです。今回のことは道野君にはなんの責任もありません。すべて私が悪いのです。私が無理矢理頼んだことですから……」

「道野が、北海道で自殺したことは知っているかね？」

「はい。新聞で見ました。彼は義父さんを殺したことをとても深く後悔していました。きっと良心の呵責に耐えられなかったのだと思います。もしかしたら、四條さんが死んだことも影響したのかも知れませんが、そこは彼がいない今となっては分かりません」

「殺しの報酬は?」

「道野君に現金で一億円、前金で渡しました。成功後に一億五千万円を渡すことになっていましたが、残りの金は受け取ってくれませんでした」

「現金はどこで調達した?」

「愛岐信用金庫で用意しました」

中根は、その現金から道野と博司の関係が判明し、さらに窓辺の指紋と付着していた血痕のDNAが一致したことが、事件の解決に繋がったことなどは説明しなかった。

「そうか。大体のことは分かったから、今日はこれまでにして、明日、また詳しく話を聞かせてくれ」

「本当に、本当に申し訳ありませんでした。自分と自分の家族の将来を守るために、他人の将来を奪ってしまったことを深く後悔しています。ご迷惑をお掛けいたしました」

博司は涙を流しながら、何度も頭をさげた。

「いまさら、と言っても仕方がないいか」

中根は深く溜息をつき、タバコに火を点けた。

5

上島創も警察とはまったく別の線からであったが、四條佳菜子殺しの真犯人である中島博司に辿り着いていた。佳菜子のパソコンと、道野正彦の手紙と、尾上景子の目撃証言からである。

事件は博司の自白によりすべて明白となり、上島にはすぐに中根刑事から詳細な報告がなされた。その際、上島は中根に佳菜子のパソコンと道野の手紙を手渡し、景子の目撃談を報告した。

上島は〈天網恢恢《かいかい》疎にして漏らさず〉だなと思った。

中根は資料に目を通すと、「これはありがたい。役に立つ」と言ってニヤリとした。

「それから、これは関係無いものですが、なにかの参考にでもなればと思いまして……」

上島は景子の母・雪乃からの手紙を見せた。

「いやぁ、これも参考になるよ。今回の事件の発端に関係あることが書かれているからな。先生、これも預からしてもらっていいかね？」

中根はその場ですぐそれを読み終えて言った。上島はすぐに了承した。

「ところで、先生は尾上景子さんのことをどうするつもりかね？」

「どうするとは？」

「彼女の親子関係のことだよ」

そう言われ、上島は少し迷った。尾上雪乃の手紙には、景子の親子関係に関しては秘密にしておいてくれとあったことと、その件に関しては中島博司の逮捕という不測の事態でうやむやになってしまっていることを思い出した。

中根は手紙を見せながら、再び尋ねた。

「これを読むと、秘密にしてくれとあるけど、どうするつもりかね？　彼女は泰治さんが実の父親だということを、まだ知らないのだろう?」

「はぁ、知らないと思いますが……」

「しかし、署の事情聴取や裁判の過程で、いつかは真実を知ることになると思うが、彼女、大丈夫か?」

「いずれ告げざるを得ないかと思いますが、それなら僕が言います。彼女はしっかりしている人ですから、事実を知ったとしても、きちんと受け止めることができると思います。警察や裁判で知るよりはいいと思いますので……」

そうは言ったものの、上島の心は重かった。

「あぁ、そうした方がいいな」

中根は相変わらずぶっきらぼうな口調である。


その日の夕方、上島は景子を喫茶『野菊』に呼び出した。

挨拶をする景子の表情は明るかった。上島も挨拶を返すとすぐ事件の解決した経過を簡単に報告した。聞き終えると、彼女は彼の顔をじっと覗き込むように見詰めながら笑顔で言った。

「良かったですね。事件が解決して」

「まあね」

「それで、道野先生のことはどうなりますか?」

「本人が亡くなっているし、確かな証拠も無いので起訴は無理だって……」

「そうですか」

「良かったのか、悪かったのか……」

上島は首を傾げた。勘の鋭い景子は彼の表情を見て、まだなにかあると感じたようだ。

「先生、なにか、まだ他にお話ししたいことがあるのじゃないですか？」

それで上島は決心が付いた。

「実は……、中島さんのことだけれど」

「はい。それが？」

「警察に捕まった方の人ではなく、その人のお父さん、白州川観光ホテルの前の会長だった中島泰治さんのことなんだけれど」

「その方がなにか？」

「驚かないで聞いて欲しいのだけど」

「はい」

「このことは、君のお母さんから絶対秘密にしておいてくれと頼まれていたんだけど。そのことが今度の事件に関連しているし、君が裁判に出れば、いずれ分かってしまうことだから……」

「なんのことですか？　裁判って、なにか大変なことですか？」

彼女はキョトンとしている。

「実は、その泰治さんは、君と血の繋がった本当のお父さんなんだ……」

「ええっ？　そんなこと……」

彼女は驚きのあまり、言葉を発することができずにいる。

「前に、その人のことを君のお父さんの古い友人だと嘘をついてしまってごめん。けど、そのことは君のお母さんが、僕宛に書き残した手紙に、そう言ってくれとちゃんと記されていたんだ」

「……」

「お母さんは、その人を頼って愛岐市にきたんだ」

「ほっ、本当ですか？」

景子は予想もしなかった話に混乱したようだった。顔が急に崩れ、黒い瞳から涙がどっと溢れた。大好きだった育ての父親の顔を思い出したのだろう。

上島はそれ以上言葉が続かなかった。景子にとっては衝撃的な話だったにもかかわらず、比較的早く冷静さを取り戻し、そして言った。

「母が何故この町にきたのか、ずっと疑問に思っていましたが、今、やっとその理由が分かりました」

「で、どうします？」

「どうすると聞かれましても、あまりにも唐突なお話なので、わたしにはどうしたらいいのか分かりません。先生に教えていただきたいのですが……」

「僕だって、どうしたらいいのか分からないよ。ところで、君は中島泰治さんのことを知っているかな？」

「いえ、まったく知りません。どんな方ですか？」

彼女は身を乗り出して聞く。

「どんな方かと言われても、その人は、君のお母さんと同じ病棟に入院していたのだけれど、僕は主治医じゃなかったから、よく覚えていないんだ。もう亡くなってしまったけれど……、ごめん、分かっているのは病気のことだけだから」

上島は苦笑しながら説明した。それから少しの間、会話が途切れてしまった。

彼はふいに思い付き、上島の知っている弁護士に相談するように提案した。

景子は了承し、数日後、上島が勧めた弁護士の水越進《みずこしすすむ》と相談した結果、やはり実子であることを名乗り出るべきだということになり、上島と景子は泰治の妻である蓉子のところに行き、その旨を申し出た。

だが、彼女からは冷たい返事しか返ってこなかった。

「わたしは主人からなにも聞いていませんし、なにも知りません。もし、あなたが本当に主人の子供だと言うのなら、その証明をしてからきなさい」

と言われてしまったのだ。

水越弁護士に報告したところ、裁判に持ち込むように勧められた。

「このケースでは、景子さんのご両親が二人とも亡くなってしまっているので、親子関係を証明することは非常に難しいかも知れませんね。お母さんの手紙だけでは確たる証明にはなりませんし、向こう側から泰治氏の毛髪とか遺骨を鑑定に提出してくれるはずもないですから、少々面倒ですな」

水越は神経質そうに眉間に皺を寄せながら言ったが、同席していた上島が口を挟んだ。

「そんなことなら僕に任せてください」

あまりにもあっさり言ったので、水越は驚いたようだ。

「どうやって証明するのですか？」

「簡単です。大学病院ではすべての入院患者さんの血液がサンプルとして冷凍保存されていますから。当然、泰治さんの血液も雪乃さんの血液も保存されています。それでDNA鑑定をすれば、泰治さんが実の父親かどうかは簡単に証明できるはずです」

「そうですか。それなら問題はありませんが……。上島先生、それを証明するのにご協力いただけますか？」

「いいですよ。一応、許可を取らなくてはなりませんが、きっと大丈夫ですから」

「それは良かった。それなら、景子さん、安心して私にお任せください」

水越はニコリともせずに言った。

その二週間後には景子が泰治の実子であることが証明され、和解により、景子は泰治の遺産の一部を相続することになった。

それで事件はすべて解決した。

終章

　事件は解決したが、上島の心には、恋人の四條佳菜子と親友の道野正彦の二人を同時に失ったという深い哀しみだけが残った。

　そんなある日、上島は佳菜子と一緒に蛍を見た場所に向かった。雲一つ無い晴天で、所々残雪が解け始め、畦道には蕗《ふき》の薹《とう》が芽吹いていた。

　人影は無く、上島は遠くの山並みに向かって静かに両手を合わせた。胸が込み上げ、涙が溢れ、友人と彼女の想い出が脳裏を走馬灯のように駆け巡った。

　しばらくそこに佇《たたず》んでいたが、ふと思い立ち、周りの雪をかき集めて小さな雪達磨を作った。それを傍らにあった倒木の上に置いた。折った小枝で雪達磨の手足や目を作ろうとしたが、雪達磨に佳菜子が憑依《ひょうい》しているように感じ、枝を突き刺す行為が彼女を傷付けてしまうような気がして止めた。

　上島が戻ろうと、二、三歩踏み出した時、背後でコトリと小さな音がした。何事かと振り向いた彼の目に、頭から崩れ落ちた雪達磨の姿が映った。それを見た瞬間、急に強い寂寥《せきりょう》感に襲われ、身体全体が震え、死に対する恐怖感に襲われた。

　その瞬間、今回の事件の真の原因をはっきりと理解した。

　佳菜子にはもっともっと、これからも話したいことがあった。そう考えると、今はあの夕顔の句が、彼女に向けた上島自身の想いでもあることに気付いた。

　再び合掌すると、佳菜子に語り掛けるように祈った。

「カコ……、僕は今、大切にしなければならない未来を守るために道野君も中島君も苦労し、必死で耐えていたことが、今回の事件の誘因になってしまったのだと、やっと解ったよ。

　そのために心ならずも心が黒く濁ってしまったのだろうけれど、彼らの行為を僕は非難なんかできないよ。情けないけど、皆と違って、僕は大切にすべき未来さえ見付けていなかった、自分の未熟さが恥ずかしい。カコ、君が少しも濁ることなく、きれいなまま生きていてくれたことを誇りに思うよ。僕はこれからも人間の哀しみを見詰めながら生きて行く。生きることは心が濁ることなら、僕もこれから濁って行くのだろうけれど、できるだけこの残雪のように、白く美しく濁ろうと思っているから、応援してね」

　祈っている最中にも、残雪が徐々に溶け始め、黒い大地が白い大地を凌駕《りょうが》しつつあったが、上島には止めどなく溢れる涙で見えていなかった。

鈴木五雨（すずき　ごう）

略歴　岐阜大学医学部卒
医療法人せみがわ会豊生病院　理事長
医学博士
現代俳句協会会員

著書　エッセイ集『ドクターグース』（角川書店）
エッセイ集『五雨のくすぐり』（蟬川書房）
エッセイ集『餓鬼外伝』（大陽出版）
小説『炎樹』（大陽出版）
句集『気まぐれ（五雨の俳句集）』（大陽出版）
その他、講演・新聞雑誌にエッセイ発表　多数

白濁《はくだく》

初版発行　2018（平成 30）年 8 月30日

著　者　鈴木五雨
発行者　宍戸健司
発　行　公益財団法人 角川文化振興財団
〒102-0071　東京都千代田区富士見 1-12-15
電話 03-5211-5155
http://www.kadokawa-zaidan.or.jp/
発　売　株式会社 KADOKAWA
〒 102-8177　東京都千代田区富士見 2-13-3
電話 0570-002-301（カスタマーサポート・ナビダイヤル）
受付時間　11:00〜17:00（土日　祝日　年末年始を除く）
https://www.kadokawa.co.jp/
印刷所　旭印刷株式会社
製本所　牧製本印刷株式会社

本書の無断複製（コピー、スキャン、デジタル化等）並びに無断複製物の譲渡及び配信は、著作権法上での例外を除き禁じられています。また、本書を代行業者等の第三者に依頼して複製する行為は、たとえ個人や家庭内での利用であっても一切認められておりません。
落丁・乱丁本はご面倒でも下記 KADOKAWA 読者係にお送り下さい。
送料は小社負担でお取り替えいたします。古書店で購入したものについては、お取り替えできません。
電話 049-259-1100（10 時〜17 時／土日、祝日、年末年始を除く）
〒 354-0041 埼玉県入間郡三芳町藤久保 550-1
© Gou Suzuki 2018 Printed in Japan ISBN 978-4-04-884229-7 C0093